Sans un bruit

Laura Saint-Aubin, trente ans, vit en Provence, en France. Elle est l'auteure de Sans un bruit, son premier ouvrage publié en auto-édition.

Sans un bruit

Laura Saint-Aubin

Édition : BoD – Books on Demand, info@bod.fr
Impression : BoD – Books on Demand, In de Tarpen 42,
Norderstedt (Allemagne)

Impression à la demande

Photo et couverture : Victor Faillie

ISBN : 978-2-3224-5908-7
Dépôt légal : Janvier 2023

Je dédie ce premier livre (du moins le vrai premier) à mon Amour de toujours et à ma fille. Victor, pour ton soutien sans faille, pour ta bienveillance et ton amour, pour la personne que tu es. Une fois encore, merci de ton aide dans ce projet.

Et Rosie, pour m'avoir permis de trouver ma liberté, et de me trouver moi-même.

Je vous aime.

Never had a dream this lonely
Where did everybody go ?
Never had a dream this dark
Wake me up, let's make it so, Avatar

I'm gonna pull you down
I'll take you where it hurts (...)
Drown your sorrows in black waters
I'm waiting
Waiting forevermore
All in vain
Nobody came, Avatar

Stand up and fight
Stand up and look into the light
Pushing the clouds away
Stand up and fight
Stand up and see the sky turn bright
Fight for a better day, Turisas

Une ombre

1

La terreur qui n'a cessé de croître durant cette année 93, s'est imposée à moi, par un bel après-midi d'été, et depuis lors, ne m'a jamais quitté. En ce temps là, je faisais cuire des steaks bien gras au fast-food de l'autoroute, à la périphérie du village de Resist, durant les chaudes après-midis de ces interminables vacances d'été 93. Pas que ce boulot soit plaisant, bien au contraire, je pense qu'il faut être complètement fou - ou pas assez ambitieux - pour avoir envie d'y rester bosser plus de 2 mois. Mais comprenez-vous qu'il fallait bien continuer à rassembler un peu (beaucoup) d'argent si je voulais « me faire un avenir », comme disaient les gens d'ici. J'allais être bénéficiaire d'une bourse d'étude, mais cela ne pouvant pallier à tous les frais liés à ma scolarité, depuis mes seize ans, je travaillais à chaque vacances pour me constituer des économies.

J'avais donc l'ambition de quitter ce patelin de culs-terreux arriérés pour la ville et surtout pour l'Ecole Nationale Vétérinaire.

De tous, c'était le pire job, mais je ne rechignais pas à la tâche malgré les odeurs prenantes de gras, les supérieurs (et même les employés) qui vous prennent pour un esclave - pas le temps d'aller boire ou pisser durant le service - les conversations minables de vos collègues de travail, vos cheveux constamment poisseux par les émanations d'huile… le tout pour un contrat de 20H par semaine payé au SMIC ; pas cher payé pour cuire en même temps que ces satanés steaks. Autant vous dire qu'il fallait être plutôt motivée. Dans mon cas, je n'ai pas eu le choix, ne pouvant compter sur l'aide de mes chers parents, il fallait que je me débrouille par moi-même, et puis, c'était la seule boîte qui ait bien voulu de moi.

Je n'avais alors que 18 ans lorsque c'est arrivé. J'étais une jeune « vieille » fille pour mon âge, très raisonnable, et extrêmement terre à terre. Constamment la tête plongée dans les bouquins, je ne parvenais jamais à m'intégrer auprès mes semblables, et ce depuis l'enfance. Dernière d'une fratrie de cinq enfants, arrivée dans ce monde sans être désirée, avec quasiment vingt ans de retard, l'ironie du sort a finalement voulu que je devienne, contre mon gré, le bébé médicament de mes parents. Une sorte d'antidote à tous leurs manques et à toutes leurs faiblesses. Elevée en cage, à l'écart des autres, et même de mon frère et de mes soeurs - tous divisés par les parents - je ne parvenais pas plus à trouver une place au sein de cette famille toxique.

Les seuls intérêts qui occupaient tout mon temps étaient la musique rock et metal, le chant, et les études. Le chant était une sorte de thérapie, profondément enfoui en moi, mais totalement intériorisé. Je pensais ne pas trop mal me débrouiller, mais il me manquait une sacré bonne dose de confiance en soi pour pouvoir en faire quelque chose. Le metal me faisait un bien fou. Je pense que c'est en partie cette sincérité, cette énergie, cette colère, et ce refus de l'autorité, qui m'ont permis de supporter la vie à la maison.

Et en cette période, j'étais surtout concentrée sur les études, car voyez-vous, c'était ma seule chance de réussir et ma seule chance de pouvoir quitter ce sombre nid.

Durant ce pénible mois d'août 93, nous vécûmes « un drame » familial qui accentua cette irrépressible envie de partir. Le vieux chien de la famille mourut. Un classique, me direz-vous, oui mais pas ici...

Parmi les maux et les peurs de mes parents, dont je faisais allusion plus haut, la maladie et la mort constituent deux horribles bêtes noires chez eux, et qui ont malheureusement fait partie intégrante dans l'éducation de leurs enfants. Qu'on le veuille ou non, on récupère les peurs de nos parents, des fois de nos grands-parents, jusqu'à en prendre conscience et jusqu'à y mettre un terme.

Au cours de leur existence - qui se voulait différente et meilleure que celles de leurs parents avant eux - ils avaient, comme nous tous ici bas, vécus des épreuves, parfois réellement terribles, auxquelles ils n'avaient jamais fait face. Et au plus, ces expériences étaient terrifiantes, plus loin, toujours plus profond, ils enfonçaient la tête dans le sable, ne pouvant affronter la réalité.

Le passé était tabou, personne n'osait jamais poser de question sur les sujets défendus - mais bien connus -, au risque de provoquer... (provoquer quoi au juste ? La dénégation ? Une explosion ? L'effondrement des personnes ?), bref au risque, de rentrer dans des débats autant mouvants que du sable, autant engloutissants qu'une tornade.

Ainsi, ces peurs obscurcissaient un peu plus le tableau familial, déjà très sombre.

Fifi, une petite chienne issue d'un croisement de chien de berger, fut adoptée par mes parents pour « remplacer » leur ancien chien décédé. Ainsi, elle fut le chien de la famille pendant un nombre respectable de 17 années. C'était une compagne de vie formidable, pas très jolie et assez caractérielle avec ses semblables et certaines personnes qu'elle ne « sentait pas », mais extrêmement intelligente et câline. N'ayant eu personne de mon âge avec qui jouer étant enfant, je l'ai pas mal embêtée, la déguisant, la prenant en photo… et elle m'a toujours laissé faire, même si son regard en disait parfois long sur le fait de lui faire porter un petit fichu de poupée. Ainsi, elle vieillissait pendant que moi je grandissais. Peu à peu elle subissait la dégénérescence naturelle du corps et de l'esprit que cause le temps. Et même la sur-médication, et même tous les efforts du monde n'ont pas pu arrêter cela. C'était triste, pour tout le monde, mais que pouvait-on bien y faire ? Pour mes parents, et encore un peu plus pour mon père, qui considérait réellement Fifi comme un sixième enfant - peut-être parfois plus aimée que certains d'entre eux -. Un sixième enfant qui resterait toujours à un stade de petit enfant, qui ne partirait pas de la maison, qui ne vous briserait pas le coeur ; avec vous quoi qu'il arrive. C'était un animal qui lui donnait de l'amour, un amour de substitution quand celui au sein du couple est inexistant et lorsque celui avec les enfants s'étiole…

Son déclin créait pour lui, un trop grand supplice. Et lorsqu'elle vint à mourir, c'est un peu comme si une part de mon père était morte avec elle. Nous étions tous peinés, ce qui est normal, nous nous étions beaucoup attachés à elle depuis tout ce temps où elle avait partagée nos vies, mais mon père était totalement déprimé. Et cela dura… éternellement, je crois bien. Je pense, en mon for intérieur, que cette mort s'est, en quelque sorte, ajoutée à toutes celles dont il n'avait pas réussi à faire le deuil. Tous ces morts, tous ces vivants et tous ces regrets...

2

Voilà à peu près à quoi ressemblait une de mes journées-types de cet épuisant mois d'août 93. Je me levais vers 9H, déjeunant seule, sur l'énorme table de chêne massif de la salle à manger, un éternel bol de céréales au chocolat bourrées de sucre, avec un verre de jus d'orange en brique, pour faire descendre le tout. Seule dans le silence matinal, avec pour compagnie le tic-tac de la grosse horloge murale.

Ma mère ne descendait que vers 10 voire 11H, les yeux oedémateux, pochés, bordés de cernes noires et profondes, témoignant d'une longue soirée de programmes télévisés sur les ovnis ou la vie après la mort... Sans même un « bonjour », elle avalait une ou deux madeleines et pestait d'être débordée, d'avoir le balai et la cuisine à faire, pendant que mon père glandait.

En réalité, il ne glandait pas, il s'échappait comme il le pouvait, se trouvant des prétextes pour pouvoir sortir de ces quatre murs bien épais. Il se levait chaque jour à 7H, prenait toujours un identique petit-déjeuner, se préparait, sortait en vélo chercher le pain, en empruntant son éternel chemin, et allait ensuite courir sur le même parcours… Sempiternellement.

Ainsi, je ne restais pas bien longtemps dans la même pièce que ma mère à son réveil, quitte à partir au travail plus tôt que prévu. Je prenais donc mon vélo dans le garage et pédalais plus ou moins doucement sur le chemin, selon l'heure à laquelle j'avais quitté la maison.

En général j'arrivais au fast-food en une dizaine de minutes, déjà transpirante de si bonne heure, à cause de la chaleur et de l'effort. Pendant que j'accrochais l'antivol au cadre de mon vélo, je jetais un rapide coup d'oeil à la terrasse du restaurant et voyais là, toujours la même image désespérante. Attablée, comme s'il s'agissait là d'un joyeux pique-nique, la troupe des équipiers qui allaient, comme moi, prendre leur service, riant à gorge déployée avec les managers et directeurs du restaurant - tous des faux-culs feignant d'être votre ami par devant et bavant sur votre compte dès que vous aviez le dos tourné-. Un troupeau d'éléphants, avec leurs gros culs, partageant, dans un vacarme épouvantable, à seulement 10H45, cet éternel repas composé d'un énorme hamburger de boeuf, de quantité de frites huileuses et beaucoup trop salées, et d'un demi-litre de soda, et ce, tous les jours. Peu importait l'heure, ici tout le monde bâfrait constamment et chacun tenait à prendre son menu qui lui était dû - en entier hein - par service. De les voir s'empiffrer ainsi et sentant l'odeur poisseuse des bacs à huiles non vidangés, combinée à l'odeur de gras de boeuf, je ravalais une remontée acide, écoeurée.

Je me dirigeais directement aux vestiaires, saluant brièvement les personnes que je croisais au passage. La terrasse et la « salle de repos » (ah bon on a droit au repos là-bas ?) qui était en fait découpée en deux parties : le vestiaire, les toilettes d'un côté, et d'autre part un minuscule espace où un vieux canapé miteux avait été placé, avec une table et une petite télé - étaient les deux seuls endroits du restaurant où vous aviez le droit de discuter sans que l'on ne vous presse de trop (et encore). Ainsi se déroulaient toutes les conversations croustillantes - ou pas - sur qui à fait quoi, machin a dit ceci, machin a dit cela, etc, etc. Je peux vous garantir qu'ici, il fallait faire extrêmement attention à ce que vous racontiez. La moindre petite information se voyait déformée dans un téléphone arabe géant. À part les étudiants, et il y en avait peu finalement, la plupart de mes chers collègues de travail n'avaient littéralement pas de vie. Ils prenaient sincèrement plaisir à venir ici écouter et raconter des saletés sur untel ou untel et à les colporter.
Me tenant à distance de tout ceci, je revêtais mon magnifique uniforme d'équipier polyvalent avec la jolie casquette visière qui va bien et le badge indiquant « en formation » sans oublier les sur-chaussures de plastique !

Puis quand l'heure du service approchait, tout ce petit cheptel venait se poster devant la pointeuse

- une horrible machine comptabilisant les heures de chacun des employés - avec sa petite carte personnelle, gloussant perpétuellement comme des dindons, se faisant des vannes graveleuses, ou se moquant de la place que chacun allait devoir occuper durant « le rush ». En effet, on prenait connaissance de la fonction qui nous avait été attribuée pour le service, avec le grand tableau blanc de l'entrée - schéma préparé par un manager à la manière ridicule d'un savant plan de guerre -. Chacun se parait ensuite d'une charlotte en filet pour retenir les cheveux et d'un tablier jetable en plastique. Puis, le troupeau attendait que les secondes passent, les yeux rivés sur la machine de malheur.

A chaque heure de pointe, c'était identique, les gens étaient dans les starting-block, bien décidés à pointer dans les premiers afin d'être certains de ne pas perdre une seule minute sur leur salaire.

Ensuite, lavage de mains militaire à la queue-leu-leu et en vitesse et instantanément votre référent du jour, s'occupant de mener son équipe pour « le rush », vous hurlait dessus « MACHIN A TA PLACE » ainsi qu'une cadence à respecter. Vous pouviez être seul à votre poste ou par deux, voire trois - ce qui était bien pire que d'être seul, surtout selon avec qui vous bossiez -.

C'est donc de cette manière que le service démarrait, des robots cuisant et assemblant des hamburgers, ou faisant frire des frites ou des nuggets... Si cette petite armée de bons soldats avait bien travaillé durant « le rush », le manager responsable payait alors sa tournée d'eau pour tout le monde ! Merveilleux !

Ainsi se déroulait un service, où la cadence se calmait tout de même un peu - heureusement -, généralement après 13H et se poursuivait jusqu'à 15H. Ensuite, même principe, on dépointait, jetait son tablier et sa charlotte à la poubelle puis on se lavait les mains et filait aux vestiaires. Et là, une fois encore, vous aviez droit au compte rendu de tout le monde sur tout le monde, et ce dès les vestiaires jusqu'au repas de groupe. Je ne m'y joignais évidemment jamais et reprenais tout de suite mon vélo pour rentrer chez moi.

Chez moi, où ne m'attendait aucun repas, aucun accueil, rien en fait. Fatiguée, je me préparais moi-même un petit repas rapide - au départ en tous cas, jusqu'à ce que cela devienne trop lourd, et que j'abandonne, après ces quatre heures à « cuisiner ». Je finissais alors par emporter un repas du fast-food et le mangeais une fois rentrée. Parfois, il y avait des gens sympas de service, quand je commandais mon repas, ils me donnaient en cachettes d'autres burgers, frites, desserts et autres. De retour, je les partageais volontiers avec mes parents, qui adoraient s'empiffrer de toute cette malbouffe tout en disant que « c'était pas terrible » ou que « ces merdes » étaient excessivement mal pour la santé. Un autre paradoxe...

3

J'étais malheureusement de service en cette magnifique journée du 24 août. Dans la cuisine, à côté des fourneaux il y faisait une chaleur à crever. Evidement, ce fast-food miteux qui ne servait quasiment que des routiers, aux ventres énormes et empestant la bière de mauvaise qualité, n'avait pas le luxe de se payer de climatisation. Malgré cela, j'étais de bonne humeur ; le beau temps a toujours eu cet effet sur moi. De plus, c'était une après-midi particulièrement calme, où les petites gens étaient certainement à la plage ou avaient déserté le village pour aller s'embourgeoiser à la ville pendant leurs vacances. Et puis, fin août signifiait qu'il ne me restait plus beaucoup de jours à suer dans ce taudis avant la rentrée scolaire.

Tout en feignant de passer un coup de chiffon sur les comptoirs, pour ne pas attirer la foudre de la supérieure qui me surprendrait à bailler aux corneilles et m'enverrait à coup de pieds faire la plonge, je pensais à mes études.
J'étais perdue dans mes pensées, totalement absorbée, imaginant les lieux encore inconnus pour moi de ma nouvelle école, la tête des professeurs et celles des élèves, quand ma collègue, Anna, me fit sortir de ma rêverie. Anna était plus âgée que moi, de dix ans au moins, petite et boulotte, au teint halé et aux longs cheveux bruns et épais,

typiques de la région. Très gentille, mais pas très fute-fute, elle était complètement enracinée à son modèle de famille, et était connue du village entier. Je l'aimais bien mais, comme je l'ai dit plus haut, je faisais attention à mes propos. Elle travaillait dans ce fast-food depuis trop longtemps et à priori ne cherchait pas à en partir… Elle était en train de lire un journal tout en faisant des bulles de chewing-gum - « pfff … clap ! » - c'était une de ses habitudes dont j'avais une sainte horreur.

— Oh p'tain ça craint ça…

— Mmh ? fis-je d'un air absent.

— Le mec d'à côté de chez toi a disparu.

— Qui ça ? Fais voir, demandais-je.

Anna me tendit *Le Resist*, le journal local de la ville.

Mon regard se fixa sur la photo, soulignée par la légende « *La disparition de Georges Klein, 18 ans.*»

Mes yeux restèrent figés un long moment sur la photo de ce jeune garçon blanc de 18 ans, aux cheveux bruns, qui levait sa main, un sourire aux lèvres, en dépit de ses yeux verts qui semblaient fuir l'objectif. Il était vêtu d'un élégant costume et d'une cravate, qui ne lui étaient pas coutumiers. Ce garçon était le fils aîné des voisins de mes parents ; je l'apercevais quelques fois au lycée, mais sans y prêter attention plus que cela. Je ne savais pas grand chose de lui et je ne sais pas pourquoi cette nouvelle me fit l'effet d'un pic à glace planté en plein coeur. J'avais soudainement froid, ce qui contrastait violemment avec les 40 degrés passés qu'il faisait en cuisine. Je sentis mes jambes se dérober sous moi et mon coeur battre aux tempes.

   Hé ! Oh ! Qu'est-ce-qu'il t'arrive ? Debout ! me cria Anna en m'aidant à me relever.

J'étais par terre sans m'en être rendue compte, collée au carrelage jaunâtre et poisseux.

   Euh, désolée, j'ai… j'ai juste eu un peu chaud. Je… Je vais aller boire.

Anna me regardait avec des yeux ronds. La supérieure, qui, tel un chien de chasse, avait entendu le tout petit « poc » que mon corps frêle avait émit en rencontrant le sol, était arrivée au galop et demanda à ma collègue qu'est-ce-que c'était que ce raffut.

La suite du service me parût se dérouler en un éclair, tant j'étais abîmée dans mes pensées. Des pensées pour ce gars… Je me sentais étrange et oppressée. Un espèce de nuage de plumes noires coincé dans la poitrine.

Lorsqu'il était temps pour moi de rentrer chez mes parents, j'ouvris la porte de sortie et constatais que ma perception avait changée, et cela me fit mal. Dehors, il faisait toujours un soleil de plomb, pourtant, je frissonnais. Mes doigts semblaient engourdis par des picotements aigus. Mon coeur battait à tout rompre, un goût métallique se diffusa dans ma bouche et une pensée me traversa l'esprit. J'avalais ma salive, ferma les yeux, et s'imprima alors sur mes paupières, l'image de la lueur aveuglante et violente d'un éclair blanc. Et sans raison, j'eus soudain très peur. Peur du dehors, que je connaissais pourtant si bien, peur de l'extérieur, peur du monde.

J'attrapais mon vélo, et pédalais le long du chemin, essayant de me recentrer. Pourtant, je revoyais sans cesse, dans un flash, la photo du garçon.

J'entendais même en moi, ma voix énoncer la légende de l'article, « *La disparition de Georges Klein, 18 ans.*» En boucle. En boucle.

La route me semblait floue et tortueuse, comme mouvante sous la chaleur. Et le sang se remit à me battre les tempes.

Une fois arrivée, je jetais mon vélo à la hâte, le laissant tomber bruyamment dans l'allée. Je me précipitais à l'intérieur de la maison pour demander à mes parents s'ils en savaient plus quant à tout ceci. À peine entrée, ma mère, qui était occupée à faire des mots fléchés dans le canapé, ne voulut pas me répondre et m'ordonna d'aller me laver car je dégageais « une sale odeur de frites ». Je m'exécutais rapidement et redescendis l'escalier tout aussi vite, manquant de me fouler la cheville. Je reposais donc la question

à mes parents et cette fois c'est mon père - pour une fois qu'il disait quelque chose - qui m'enguirlanda pour aller ranger le vélo.
Evidemment je pestais contre eux, car comment de si petites choses, pouvaient-elles être prioritaires face à la disparition de l'enfant d'à côté ?
Comment des futilités pareilles puissent-elles passer avant la détresse et la peine ? Je me sentais profondément écoeurée.

4

Finalement, la seule chose que ma mère trouva à me dire c'était que les voitures des journalistes et leurs aller-venus incessants avaient fait énormément de bruit dans le quartier, ce qui l'avait réveillée. Quant au garçon « eh bien, ils doivent bien partir un jour ou l'autre », ajouta vaguement ma mère en agitant sa main dans les airs. Mon père détourna les yeux du regard noir que je lui lançais. J'étais consternée mais je reconnaissais bien là l'égocentrisme et les idées aberrantes propres à ma mère. C'était une petite femme de 57 ans, austère et pâle, qui ne se préoccupait jamais que de sa petite personne. Femme au foyer, elle avait « donné sa vie » à ses chers enfants. En réalité, elle était restée bien sagement assise dans le même fauteuil depuis toutes ces années, lisant des livres surnaturels (sur les revenants, les Aliens et ce genre de choses), ou des programmes TV, en y faisant les jeux qui s'y trouvent à l'intérieur. Mon père était un petit homme chauve, triste et pas très intelligent de 60 ans, retraité de son travail à l'usine pétrochimique de Resist, où il y était resté quarante années. Ce qui l'avait fait vieillir prématurément. Chaque jour un peu plus, il s'assombrissait et s'éteignait à l'idée de mon départ imminent, mais ne disait mot car si je partais, c'était seulement pour « la bonne cause » et je pense qu'il espérait secrètement que je revienne au bercail une fois mes études terminées.

Tous deux s'était mariés il y a quarante ans de cela, pour fuir leur condition, au détriment de l'amour. Quelques mois plus tard arrivait ma plus grande soeur, et ils se précipitèrent pour acheter la même maison de lotissement qu'ils habitent encore aujourd'hui. Et durant toutes ces années, cette maudite baraque est restée inchangée, sans une once de chaleur ni de clarté. Comme vous l'aurez sans doute compris, mes parents étaient de ces gens tournés sur eux-mêmes, vivant en totale autarcie, seulement eux deux (autrefois avec leurs enfants), s'étant coupés de tout et de tout le monde - même de la famille -, pensant mieux valoir que les autres et ne supportant pas leurs semblables. Cependant, autre paradoxe, ils aimaient se nourrir de la misère des autres, très friands des cancans. Ce qu'ils préféraient par dessus tout, c'était le jugement. Ils adoraient donner leur avis et surtout quand on ne le leur demandait pas.

Indignée, je repris ma mère en lui reprochant son manque de compassion. Elle ne répondit rien mais mon père, qui semblait mal à l'aise, se risqua alors d'un air vague.

— Tu sais…, il ne fallait pas s'attendre à grand chose pour ce gamin.

— Quoi ? Mais comment tu peux dire ça ? Merde, leur fils a disparu ! Comment vous réagiriez, vous, si je venais à disparaitre ? m'entendis-je hurler.

Mon père prenait bien soin de ne pas croiser mon regard, il fixait des yeux le carrelage orange tout fendu, mais je les vis devenir soudain plus brillants. Il baissait la tête.

J'étais dégoûtée, ni l'un ni l'autre n'étaient allés parler aux voisins, ne serait-ce que pour savoir comment pouvait-on les aider, et ils se tenaient là, dans leur maison vide, enfermés, à vaquer à des occupations insignifiantes, et avaient la méchanceté de tenir de tels propos.

C'en était trop, je montais dans ma chambre, claquant la porte derrière moi.

— La porte ! s'égosilla ma mère.

Je passais le reste de la journée enfermée, écoutant de la musique jusqu'à ce que ce soit l'heure de dîner.

— À table ! On mange ! me cria ma mère d'en bas.

— J'ai pas faim !

— Je m'en fous, tu descends tout de suite.

Ce que je fis...

— Qu'est-ce qui t'arrive encore ? dit ma mère, T'es étouffée par tout le gras que t'as ingéré hein ?

— Non, je n'ai pas faim, c'est tout.

Mon père osa me regarder brièvement, comme pour m'examiner d'un rapide coup d'oeil.

— Une tomate et du concombre ne vont pas te tuer, reprit-elle.

— À force de ne manger que ça le soir, peut-être que si, dis-je en souriant.

— C'est pas vrai, il y a pas que ça, il y a du pain et du fromage aussi.

— Wow, c'est la fête ! Cette fois je riais, seule.

— Tu vas t'arrêter, oui ! Il faut toujours que négativise tout.

Je riais toujours, venant d'elle c'était trop drôle.

— Pas vrai qu'il y a de quoi manger ? demanda-t-elle à mon père, le poussant du coude, cherchant du soutien.

— Hein ? Il sortit de son état permanent « de veille », absorbé par une émission débile à la télé, le volume constamment trop fort. Elle lui reposa sa question.

— Pas vrai qu'il y a de quoi manger le soir ? Elle se plaint encore, elle arrête pas de se plaindre !

— Ouais, répondit-il faiblement, faussement.

Moi, le soir j'ai même pas faim. De toutes façons, il faut pas aller se coucher en ayant trop mangé, c'est pas bien. Moi, je peux jeûner plusieurs repas si je veux, reprit-elle, plusieurs jours même !

Pas de réponse, d'aucune part, connaissant le genre je-ne-mange-rien-mais-en-vérité-je-m'enfile-une-tablette-entière-de-chocolat (mais ça compte pas).

J'avalais tout de même ce que je pus trouver, une tomate, un bout de concombre, quelques olives vertes, un morceau de baguette et une portion de camembert (qu'il fallait s'abstenir de prendre en trop grande quantité, sinon vous vous preniez une bonne remarque de mon père, idem pour le pain), le tout servit dans une assiette en plastique pour ne pas avoir à faire la vaisselle le lendemain... C'était ainsi chaque soir, je partais au lit le ventre creux, grouillant de ne pas avoir pu apaiser sa faim. Parfois ma mère cuisinait un peu - et n'en finissait pas de nous dire à quel point elle y avait passé un temps fou - une quiche aux poireaux, de la soupe infecte (toujours aux mêmes légumes) et - OH jour de fête - une pizza ou des crêpes. Mais ce soir là, je n'avais pas faim, alors ça m'allait tout de même.

5

Après ce « délicieux repas », je montais
directement dans ma chambre, continuant
d'écouter un peu de musique avant d'aller me
coucher. Une fois au lit, je repensais à ma journée,
au travail, et à mes parents. Cela me fatiguait
terriblement d'être toujours prise pour une folle,
jamais comprise, alors que c'étaient eux les fous.
Et évidemment, je pensais à Georges... J'eus
beaucoup de mal à m'endormir, revoyant
mentalement sa photo.

Le lendemain, je me levais déjà fatiguée par la
journée à venir. Rien de bien ne m'attendait et
c'était une sensation vraiment déprimante. Celle-ci
se déroula en effet comme la précédente et la
précédente encore... Lever, céréales, vélo, travail,
vélo, maison, rien. Mais cette fois, en arrivant, mes
yeux s'attardèrent sur la maison des Klein, je
repensais immédiatement à Georges, à sa photo...

Toujours personne chez moi, je décidais de me
rendre chez les Klein, leur témoigner d'un peu de
sympathie, et leur demander s'il y avait quelque
chose que je puisse faire.
Leur villa était mitoyenne à celle de mes parents.
Comme je l'ai dit précédemment, nous habitions
des maisons de lotissement, collées les unes aux
autres, dans un quartier tranquille, réservée à la
classe moyenne. Tout semblait étrangement calme

depuis hier, personne dehors, pas un seul bruit, pas même un chat traversant la rue. Même la vieille commère d'en face, Mme Bettencourt, n'était pas dehors à fouiner, ou à épier par la fenêtre. C'est alors que je m'aperçus que sa maison avait les volets fermés, ainsi que toutes les autres - y compris la mienne - toutes, sauf celle de la famille Klein. Etant donné la vigueur avec laquelle le soleil tapait, cela ne m'étonna qu'un quart de seconde, car c'est une technique locale, qui ne marche pas vraiment, mais qui n'aggrave pas la sensation de vivre dans un four quand il y a de telles chaleurs. Mais cela me parut tout de même inhabituel de la part de Mme Bettencourt, qui est, comme je l'ai dit, une vieille mégère, dont seule une conversation volée, ou un chien qui lèverait la patte sur une jante de la voiture des voisins, pouvaient exciter sa misérable existence. Il n'était pas rare de lever la tête et de sursauter en apercevant son oeil bleu délavé, au travers de l'affreux rideau brise-bise jauni de la lucarne, avec d'horribles chatons en macramé. Et même si elle savait que vous l'aviez vu, cela ne l'empêchait nullement de continuer d'espionner. Les vieilles personnes peuvent parfois cruellement manquer de savoir vivre.

Ce silence de mort me glaça sur place. Et même si personne n'avait l'air de se préoccuper des Klein, moi, je me jetais dans la gueule du loup.

Leur villa était donc bâtie à l'identique de celle de mes parents, mais inversée, en effet miroir. Elle était délimitée par une toute petite clôture de bois, peinte en blanc, où s'étendait une magnifique pelouse verte parfaitement entretenue. Quel contraste avec chez moi ! De ci de là, il y avait de jolis rosiers blancs, bien vigoureux. Un panier de basket était accroché à la porte du garage et le ballon gisait par terre. Je sonnais au portail pendant que mes yeux balayaient sans but la maison, à la façade d'un blanc immaculé, et aux jolis volets en bois bruts. Une boule me remonta dans la gorge.

Mr Klein sortit, un air profondément soucieux mais contenu peint sur le visage.

—   Oui ?
—   Alors que je bafouillais quelque chose, Mme Klein apparut derrière son mari l'air sévère et me lança :
—   On a déjà tout expliqué mille fois !
—   Euh… oui… Je… Je… Je voulais savoir si… arrivais-je enfin à dire.
—   Savoir ! Savoir ! Hein ?! Tu parles comme ta mère ! Il n'y à rien à savoir ! Puis elle éclata en sanglots.
—   Blanche ! Ça suffit ! intervint Mr Klein, puis s'adressant à moi :
—   Désolé, excuse-là je te prie, la situation n'est pas simple pour elle, ni pour moi, à vrai dire.

Veux-tu bien revenir une autre fois s'il te plait ? Ce n'est pas le bon moment.

Je hochais la tête au ralenti, figée, ne sachant que dire. Il prit alors doucement sa femme par les épaules, pour l'éloigner de l'embrasure de la porte et puis la referma délicatement.

Je soufflais ; au fond, je n'avais pas réalisé que tout ceci était si pesant. Je me sentais terriblement idiote.

Je m'apprêtais à repartir, lorsque, sans raison particulière, je levais les yeux vers une des fenêtre. Un tressaillement me parcourut le corps. Une sensation d'oiseau noir prit dans ma cage thoracique. A court de souffle, un bruit étouffé sortit de ma bouche. Blême, Paul, le fils cadet des Klein, âgé de 10 ans, se tenait là, droit et atone. Cette apparition me causa une telle stupeur. J'eus l'impression que ce petit garçon surgit de nulle part, si pâle, presque incolore. Il me fixait d'un oeil acéré, sans bouger, tel une image, parfaitement immobile. Je fermais et rouvrais les yeux rapidement, et l'instant d'après, plus rien. Il s'était volatilisé.

Je n'étais plus sûre de l'avoir réellement vu, ou seulement dans mon esprit. Prise de confusion, je doutais ; était-ce là une espèce de vision ? La seule chose dont je me souvenais, et avec exactitude, c'était de ses yeux, noirs, braqués sur moi avec intensité, creusés et bordés par une tâche sombre.

Le déni

1

Toute la soirée, je m'enfermais dans un profond mutisme. Le soir venu, je mis énormément de temps à m'endormir. Et cette nuit là, sonna le début sinistre d'une série interminable de terrifiants cauchemars entrecoupés.

Toujours ce même horrible cauchemar. Il me terrorisait. Je revoyais sans cesse l'apparition de Paul, à travers la fenêtre, son teint cireux, ses yeux noirs rivés sur moi. Puis, l'image devenait saccadée et agrandie sur son visage, et sur ses yeux sombres, cerclés de noir. Soudain, je ne voyais plus que sa bouche, sa bouche qui se transforma en une cavité sombre grandissante. Je me sentis comme aspirée par ce trou béant, qui augmentait toujours plus. Il m'attirait à lui sans que je ne puisse rien y faire. Prisonnière, derrière mon champ de vision, je me sentais pâlir, faiblir, partir. Cette irrésistible attraction me conduisit au coeur même des ténèbres. Je ne vis plus que du noir. D'un coup, j'entendis résonner fortement en moi

une voix d'enfant, « - Tu n'as pas pu le sauver lui.
- *Un Flash* - Sauve-toi. » Puis, un nouvel éclair
blanc, aveuglant, mordant, resta imprimé sous mes
paupières.

Chaque nuit, tout était identique. Je finissais par
me réveiller en sursaut, perlant de sueur, enroulée
dans mes couvertures. Lorsque j'ouvrais enfin les
yeux, je ne voyais que du blanc, une clarté
fulgurante qui constituait un véritable supplice et
ce pendant un long instant. Je regardais vite aux
alentours et me tranquillisais en reconnaissant
l'hideux papier peint de ma chambre. Ensuite, un
intense mal de crâne s'emparait immédiatement de
moi, jusqu'à la nausée.

Les soirs suivants étaient également rythmés
par ces effroyables mauvais rêves. Les journées
suivantes, étaient elles, ponctuées par une atroce
migraine. J'essayais de me sonder, de comprendre
pourquoi cela me faisait un tel effet, mais je n'y
parvenais pas. Certes, je connaissais vaguement
Georges, et je pense que c'est la proximité de la
chose, qui me rendait plus sensible encore. Et puis,
j'ai toujours eu une trop grande compassion. Mais
tout de même, de là à en faire de pareilles
obsessions nocturnes… Cela m'impactait tant… Je
ne saisissais pas. Il y avait quelque chose que je ne
n'admettais pas.

Je m'obligeais à croire que cette histoire finirait par passer. Que de toutes façons, ce gars n'avait pas pu s'envoler dans les airs…

Ainsi, continuait ma petite vie, faisant semblant de ne pas penser à Georges le jour, mais faisant ce perpétuel mauvais rêve à propos de Paul la nuit. J'étais fatiguée et la migraine ne me laissait pas de répit. Je peinais à traîner ma carcasse jusqu'au fast-food, où les services ingrats me paraissaient ne jamais vouloir se terminer. Autour de moi, c'était continuellement silence radio à ce propos, et finalement, je crois que cela me convenait plutôt. J'essayais de penser à mon avenir, à la rentrée qui se rapprochait de plus en plus.

Mais en fin de compte, je me voilais la face.

Une aspirine en me levant - le jour, j'essayais de ne pas penser à la nuit. - Un sédatif en me couchant - la nuit, cette détresse étouffée prenait le dessus.-

Et sans cesse, entendant dans ma tête « - Tu n'as pas pu le sauver lui. - *Flash* - Sauve- toi. » Un nouveau réveil panique, je convulsais et pleurais. À cette époque où l'insomnie faisait donc partie de mon quotidien, je me mis à prendre un sédatif chaque soir au moment du coucher. J'en eus l'idée une nuit où je me levai jusqu'à l'armoire à pharmacie de la salle de bain pour prendre une aspirine, pensant m'ôter la terrible céphalée. Je vis alors la boîte de sédatifs au milieu de toutes sortes de « remèdes » de la panoplie de ma mère. Hypocondriaque, ma mère avait, tout au long de sa vie, testé toute la pharmacopée existante du marché, en passant par les « indispensables » contre la douleur, la fièvre, les maux de ventre, les pansements gastriques, les sirops pour la toux, les antibiotiques, les corticoïdes et autres anti-inflammatoires, les anti-histaminiques et autres médicaments contre les allergies, l'asthme, les sédatifs, et moins drôle, les antidépresseurs, somnifères et antalgiques opiacés et psychotropes. Ainsi, nous avions une véritable pharmacie à portée de mains.

Enfants, elle nous avait bourré de cachets pour un oui ou pour un non. Chez nous, nous ne connaissions pas la petite ritournelle qui fait sourire tout le monde « les antibiotiques c'est pas automatique ». Même pour un simple rhume elle s'inquiétait comme si c'était de la tuberculose dont il s'agissait, nous traînant illico dans le cabinet empestant l'alcool 70° de l'affreuse pédiatre, dont les pratiques et les idées étaient dépassées depuis déjà trente ans (parfois vous pouviez vous retrouvez avec une prescription d'une spécialité retirée du marché depuis plusieurs années).

Mais malheureusement pour moi, pas même les sédatifs ne parvenaient à calmer mes angoisses nocturnes.

Cela dura ainsi jusqu'à ce que j'intègre enfin l'Ecole Nationale des Vétérinaires.

2

« Une page qui se tourne » comme on dit. Voilà un nouveau départ pour moi et pas des moindre ; je quittais la maison familiale et tout ce que cela pouvait représenter, pour voler de mes propres ailes, à plus de 350 kilomètres de là. Jusqu'au bout mes parents ont tenté de m'en dissuader, essayant de me convaincre que Toulouse c'était trop loin, et comment est-ce que j'allais faire s'il m'arrivait quelque chose, puis, que les études ça allait être terriblement long et difficile, qu'ici à Resist j'avais mon petit confort chez eux, « logée, nourrie, blanchie », et que c'était dommage - oh oui quel dommage - de quitter un emploi « stable » au fast-food. Ne voyant que toutes ces idées ne pourraient, bien entendu, pas me faire changer d'avis, ils jouaient enfin leur dernière carte - leur favorite -: celle de la culpabilité.

- Tu te rends compte, on ne va plus se voir, me dit mon père.

- On se reverra bien un jour, répondis-je, et là-bas il y a le téléphone.

- Oui mais c'est pas pareil, nous on aime bien t'avoir ici, pas loin…

- C'est ça les gosses, c'est ingrat, ajouta ma mère, tu fais tout pour eux et ils s'en vont comme ça, sans rien dire…

Je ne cédai pas et emportai avec moi toutes les affaires auxquelles je tenais.

Je m'installais donc dans l'équivalent d'une chambre universitaire, mais faute de moyens, au troisième et dernier étage, d'une résidence toute proche de l'école, moins chère que celles proposées au campus. C'était un vrai taudis de 9m2, meublé, avec des sanitaires collectifs et une cuisine (si on peut appeler cela comme cela), à l'extérieur. Mais je m'en accommodais très bien, car je vivais seule dans cette chambre, ce qui constituait un besoin essentiel et vital pour moi. « Ni Dieu ni maître » et ainsi plus personne pour me dire quoi faire. Et cela, me remplissait de joie à un tel point qu'il est impossible de le décrire ici. Si bien, que même les hordes de cafards ne pouvaient entacher ma bonne humeur. Du moins, c'était ce que je pensais...

Me voici donc en septembre, la veille de la rentrée, plus excitée que jamais à l'idée d'assister à mon premier cours. En bonne élève bien organisée, j'avais préparé mes affaires du lendemain à l'avance, je m'étais cuisinée un repas pas trop lourd, et m'étais mise au lit pas trop tard. Quand à 4 heures du matin, ce même foutu cauchemar me fit tomber de mon lit, tremblant, de la sueur collant les draps à ma peau. J'ai pensé que peut-être c'était à cause du changement, le temps d'adaptation, etc, mais j'avais peur, vraiment peur. Non, j'étais terrifiée.

Cela ne semblait jamais vouloir me quitter, tout comme cette migraine incessante. Même l'aspirine ne parvint pas à effacer sur ma rétine, ce violent flash blanc. Je ne pus fermer l'oeil du restant de la nuit, et c'est donc avec une tête de déterrée et une inquiétude grandissante, que je m'avançais vers le premier cours de l'année.

À mon grand soulagement, cette journée avait totalement fait fuir les fantômes de la nuit. J'étais agréablement surprise par l'ensemble de l'école, tant par l'infra-structure en elle-même, que par les professeurs, les cours et même les élèves. Je me sentais, pour une fois, assez à l'aise. Le professeur principal nous avait expliqué que cette première année serait l'occasion d'acquérir des compétences en lien avec le référentiel de compétences des vétérinaires. Elle se composerait de deux semestres, rassemblant 10 unités d'enseignement, comprenant une part importante de travail personnel ou en groupe. Et au programme : biologie, écologie, santé, physique-chimie, mathématiques, méthodologie, anglais, et deux semaines de stages en clinique ou en cabinet. Cette année s'annonçait si excitante et si intéressante ; j'étais aux anges.

3

Les cours se poursuivaient on ne peut mieux, j'étais certaine de ne pas m'être trompée et d'avoir réellement trouvé ma voie. Tout m'intéressait énormément, j'étais obnubilée par ces nouvelles connaissances. Les journées étaient pourtant longues et chargées de milliers d'informations à emmagasiner, mais cela ne m'empêchait pas, dès que je rentrais chez moi, de relire toutes mes notes, de me repasser mentalement ce que nous enseignaient les professeurs.

En ce qui concernait mes semblables, ils étaient tous des garçons et des filles sans ennui, sérieux et investis dans leurs études. Je crois que je me sentais, pour ainsi dire, à ma place. Je nageais dans le bonheur.

Les mois passèrent, et déjà décembre pointait son nez glacé. La météo était un peu plus rude ici en comparaison de celle dont j'avais l'habitude, mais pas de mistral et cela était, pour moi, une véritable bénédiction.

Jusqu'ici, tout allait bien. Mon optimisme ne pouvait être altéré par rien au monde, pas même par les mauvais rêves. Non, ma bonne humeur ne cessait de croître de jour en jour. Les cours étaient toujours autant intéressants, voire même davantage chaque jour. Les sujets se précisaient toujours un peu plus. Je m'étais très bien habituée au rythme, aux horaires, à l'établissement. Trois mois plus tard, celui-ci ne me semblait plus si grand que cela. Je connaissais les lieux comme ma poche. Quant à mon appartement, s'il est possible de le nommer ainsi - à dire vrai, placard à balai semblerait plus adapté - je m'y sentais chez moi. Certes, je n'avais pas le luxe d'acheter de décorations, de tapis, ou je ne sais quoi encore qui aurait pu rendre un peu plus personnel ces quatre murs. Et il est vrai que j'aurai aimé que cet espace me ressemble davantage, mais je m'y sentais libre et c'est tout ce qui comptait à mes yeux. Libre. J'étais si enchantée que cela ne me dérangeait même plus de descendre aux sanitaires collectifs, et même lors d'une petite envie nocturne. J'avais réellement pris mes marques et je me félicitais de m'être si vite adaptée et de mener si bien ma barque. Quant aux élèves, j'avais assez bien accrochée avec quelques uns - deux filles et un garçon surtout - durant la popote à la cuisine extérieure, ou durant les travaux de groupe. Tout était parfait et rien ne pouvait m'affecter. Enfin, c'est ce que je pensais…

4

Proche de la période de Noël, je reçus une lettre, dont je reconnus l'écriture de l'expéditeur sur le champ. Elle venait de mes parents, ma mère l'avait rédigée. Une montée d'angoisse s'empara soudainement de moi. Je n'avais eu de leur nouvelle qu'assez brièvement, lors de leurs appels téléphoniques hebdomadaires. La résidence était pourvue d'un seul téléphone pour toutes les chambres. À chacun de ces appels, mon père ne voulait jamais me parler, « trop peiné » par mon départ. Aux dires de ma mère, cela avait « rajouté une couche » à sa tristesse causée par la perte du chien… C'était encore et toujours une stratégie pour me rendre coupable d'être partie et par extension, coupable de leur malheur. Et comme d'habitude, ça marchait…

Ainsi ma mère m'appelait chaque semaine, je ne sais vraiment pas pourquoi, car durant ces dix minutes de conversation dont elle avait à m'accorder, elle ne me parlait que d'elle. Jamais aucune question sur ma vie, « comment ça va », « comment se passent les études », « te sens-tu bien dans l'appartement », ou le genre de choses que demanderait naturellement une mère à son enfant. Non. Il s'agissait seulement d'un monologue sur ce qu'elle lisait, la manière dont elle pensait les choses, les actualités, et leurs promenades journalières, etc, et en fin elle terminait par une petite dose toxique habituelle. Après tout, rien ne vaut un bon discours conspirationniste et remplit de noirceur, de mauvais souhaits et de bave de crapaud lorsque ça fait longtemps qu'on n'a pas prit de vos nouvelles. Se proclamant partisane de la vie dans l'instant présent, elle n'a jamais été ici mais constamment ailleurs - et sacrément loin si vous voulez mon avis -. À l'en croire, ils menaient une vie de dingues, tant mieux pour eux. Sauf que je savais pertinemment que ce discours sonnait faux, et finiraient par en tomber les répercussions.

Lors d'un appel, j'avais prévenu ma mère que je ne viendrai pas fêter Noël avec eux cette année. Au départ, elle se montra étonnée puis elle ne dit plus rien au fil de mon argumentation, prétextant avoir une trop grande quantité de révisions avant les premières partielles de janvier. Tout de suite après cette explication, elle mit un terme à la conversation, d'un ton faussement neutre. Je raccrochais alors un peu perplexe, entre le soulagement et la crainte.

Et c'est justement ce même sentiment de crainte que j'eus lorsque j'ouvris cette lettre une semaine plus tard.

« Ma chérie,
Ton père est malade. Il ne supporte pas le fait de
devoir célébrer Noël sans ta présence.
Ne veux-tu pas nous accorder un peu de ton
temps ?
As-tu pensé à ce que tes frères et soeurs vont dire ?
As-tu pensé à ce que nous pouvions ressentir ?
Nous avons toujours fêté Noël tous ensemble,
pourquoi faut-il que ça change ?
Nous pensons bien à toi.
Papa & Maman »

Et voilà que cela recommençait. Dès que j'avais
l'impression de faire un pas en avant, on
m'attrapait par le col de la chemise en me tirant en
arrière et vers le bas, toujours plus bas. Ils étaient
vraiment doués dans le genre mélo-dramatique. Et
comme à chaque fois, ils réussirent leur coup. Je
me sentais coupable, responsable de l'état de santé
de mon père et ingrate.
J'allais donc de ce pas leur passer un appel
téléphonique pour leur dire que j'avais changé
d'avis. Après tout, il y avait une légère pause à
l'école durant la période de fêtes, et puis ce serait
sympa de faire le récit de ma vie ici à mon frère et
mes soeurs. Et puis, c'était Noël, tout de même.

La période de fêtes arriva plus vite que prévu.
La boule au ventre, je me rendis en train chez mes
parents pour tout une semaine.

Mon père n'était pas malade, juste un peu ramollit, du moins encore plus qu'à l'accoutumée. Il paraissait avoir vieilli, en l'espace de si peu de temps, et semblait avoir perdu ce qu'il restait de son humour. L'ambiance générale de la maison était encore plus pesante qu'à l'ordinaire, ou bien était-ce l'effet normal que ça fait lorsqu'on s'échappe et qu'on est contraint de revenir. Mes parents n'arrêtaient pas se s'engueuler - comme ils l'ont toujours fait - pour un rien, en criant sans cesse. Même dehors, la porte d'entrée fermée, vous les entendiez « se parler »… C'était infernal et ça intensifiait un peu plus ma migraine. Cette atmosphère contrastait tellement avec mon minuscule 9m2, pauvre et vétuste, mal assorti de vieux meubles de récup', où on sentait monter l'odeur prenante de graillon à toute heure de la journée et de la nuit. Mon coeur se serra.

5

La soirée du 24 fut particulièrement lourde, car je me retrouvais seule avec eux, mon frère et mes soeurs étant, comme chaque année, chez leurs belle-familles respectives. Chez nous, le repas de Noël était invariablement le 25 au midi.

Ce soir là, il n'y eut ni partage, ni magie, seulement un nouveau monologue de ma mère sur ses sujets apocalyptiques favoris autour d'un « délicieux » steak haché, pour ma part. C'est navrant, je sais, mais que voulez-vous, je n'ai jamais pu me résoudre à manger des escargots, ni même des huîtres.

— T'as pas honte de manger un steak haché le soir du réveillon ? me dit ma mère.

— Et que veux-tu que je mange ? Il n'y a rien que j'aime de ce que vous mangez.

— Oui mais tu pourrais faire un effort, tu ne veux jamais rien goûter.

— T'es un bébé, ajouta mon père.

— En plus, reprit ma mère, un steak haché c'est pas bon pour la santé, c'est bourré de cochonneries.

— Pourquoi en achètes-tu alors ? répondis-je.

— Et bien… parce que parfois ça dépanne et ton père il en mange lui, mais pas moi hein, dit-elle en s'empiffrant de crevettes, de la mayonnaise lui coulant sur les lèvres.

— En même temps, t'es comme ça toi, t'aimes le gras !

— Oui, c'est ton choix d'être costaude, intervint mon père tout en mimant un *Bibendum Michelin*, écartant les bras et gonflant les joues.

— Alors que moi, je rentre dans du 14 ans ! dit ma mère à la cantonade.

Un long silence pesant.

Tu vois, rebondit ma mère, j'ai lu que là, maintenant, on est entrain de rentrer dans une nouvelle aire. Tout change… Je le sens moi. Oui, il va y avoir du changement…un sacré changement… Il va falloir se préparer à vivre de sales moments. Oui, ça va pas être facile…

Mh Mh, répondis-je, en dépit de dire vraiment quelque chose.

Mais il va falloir tenir et un moment. Tu sais, ça risque d'être sanglant, les gens vont se battre, ça va chauffer… Mais ça se terminera. Et je connais le nom de celui qui va nous sauver, celui qui va nous sortir de là…

Jésus ? coupais-je en esquissant un sourire moqueur.

Non pas Jésus, mais une fois que tout sera rétabli, et qu'on sera prêts à accepter notre nouvelle condition… Notre nouvelle enveloppe… Alors on pourra avancer vers les progrès qui nous attendent… Là les gens sont pas prêts mais tout va changer !

Mh Mh.

Je ne sais pas si toi tu as commencé, mais je te conseillerai vraiment de le faire.

Et quoi donc ?

Il va falloir faire des provisions.

Ah bon ? C'est la guerre ? J'étais pas au courant, dis-je, raillante.

Tu ris mais tu vas voir ! Tu ne pourras pas dire que tu n'as pas été prévenue. Moi j'ai commencé, tu devrais faire pareil car il va y avoir une pénurie de nourriture. Et quand t'iras au magasin et que tu verras tous les rayons vides, les gens en masse qui se battront pour la dernière conserve, tu repenseras à ce que je te dis !

– OK, dis-je, pour mettre un fin à cette conversation sans queue ni tête.

– Il faut garder toutes les graines des fruits et des légumes et commencer à les planter maintenant. Avec des graines t'es sauvée, c'est ce qu'il s'est passé quand…

Je levai les yeux vers l'horloge murale, n'écoutant plus, c'en était trop pour moi, il fallait que je me sauve de là.

Mon père, toujours aussi triste et las de vivre, dormait sur le canapé depuis un moment déjà, devant la télévision qui était, à un trop fort volume, branchée sur la chaîne 1, la chaîne nationale des abrutis. Il y passait comme chaque année durant cette période, un bêtisier « trop drôle » où vous deviez vous esclaffez de voir tomber des inconnus durant deux bonnes heures. Je pris donc congé et partis me coucher.

Evidemment, je ne trouvais pas le sommeil, dans cette chambre froide et sans vie, qui était mienne autrefois. C'était fou de voir à quel point les quelques mois passés semblaient des années. Comment ai-je bien pu vivre et grandir là-dedans…

Je ne me sentais pas à l'aise, entre le bruit de la TV, le sentiment de solitude qui me reprenait, le bilan de cette navrante soirée, le regret que j'avais d'avoir accepté de venir, le fait de se dire que j'allais rester ici une semaine entière. C'était trop. Je ravalais des larmes amères et relevais la couverture d'un geste brusque.

Je décidais que l'air frais du dehors, comme autrefois, me ferait le plus grand bien. Quand elle me vit sortir de la maison en pyjama, avec ma veste par dessus, ma mère bondit.

— Où vas-tu ?

— Je sors, répondis-je.

— A cette heure ? s'inquiéta-t-elle.

— Oui, à cette heure.

— Tu vas à la messe de minuit ? » demanda-t-elle incrédule.

J'éclatais de rire. D'où sortait-elle cette idée là ! Moi, à la messe ! Je riais encore lorsque je fermais le portail.

Je fis à peine trois pas et ce que je vis, m'arrêta net de rire. Lorsque je levais la tête vers la fenêtre des voisins, les Klein, je vis avec horreur leur fils de 10 ans, Paul, livide, au milieu d'un halo noir, immobile à la fenêtre, ses yeux sombres me fixant intensivement. Mon coeur s'emballa, je sentis un goût métallique se déverser dans ma bouche sèche. Je fermais les yeux pour les réouvrir en toute hâte ; le petit garçon avait disparu. Mes jambes tremblaient, mon corps entier frissonnait, tant et si bien que je dus m'assoir par terre, sur le trottoir, juste à côté de l'allée fleurie des Klein.

J'étais en train de me raisonner intérieurement, de me convaincre que ce n'était que ma simple imagination quand une petite voix cristalline brisa le silence de la nuit : « Neige. » Je bondis sur place et sentis une petite main froide me prendre le bras avec douceur. Ce contact me glaça les veines. Je sursautai, étouffant un cri. Mes yeux se posèrent sur le visage à qui appartenait cette main gelée. C'était Paul.

La colère

1

Je m'ordonnais sur le champ d'analyser la situation avec raison. Je m'étais laissée effrayer par un gosse de 10 ans. Cette constatation me mit les nerfs à vifs.

- Tu n'as rien d'autre à faire la nuit d'un 24 décembre ? éclatais-je, en retirant brutalement mon bras de son étreinte.
- Non, rien de mieux. Et toi non plus, on dirait ? me répondit très calmement cet affreux gamin.
- Tu veux que j'aille en toucher un mot à tes parents ? Je suis persuadée qu'ils en seront ravis ! hurlai-je.
- C'est inutile, je voulais te….
- Après ça c'est sûr que le papa Noël risque de ne pas passer pour toi, morveux ! le coupai-je.
- J'aimerais te parler, me dit-il toujours aussi posément, comme s'il n'avait pas entendu mes propos.

- Me parler ? Et de quoi ? Qu'est-ce qu'un minable petit cafard comme toi peut bien avoir à me dire ?
- Je t'ai observée ces derniers temps…
- Quoi ? Tu m'espionnes en plus ? J'étais hors de moi.
- Je te vois souvent prendre l'air… Tu dors bien la nuit ?
- Qu'est-ce que ça peut te faire ? Et qu'est-ce qui te fait dire ça ?
- Tu as l'air fatiguée, dit-il tout doucement. Au bout d'un long silence il me demanda :
- Tu fais des cauchemars ?

À cet instant, mon cœur manqua un battement. J'en eus le souffle coupé, la tête me tournait. Je ne répondis pas.

- N'aies pas peur, tout va bien, me dit-il presque imperceptiblement.
- Tout va bien ? aboyai-je. Je ne dors plus NON ! Je ne vais pas pouvoir continuer à suivre mes cours si ça continue ! J'ai un avenir à préparer moi !
- Que tu le veuilles ou non, tu dois l'accepter. Accepte-le et avance, me souffla-t-il en se levant tranquillement.
- Où vas-tu ? Reviens ici ! lui criai-je.

Sans se retourner, je l'entendis me répondre tout bas :

— Toi seule peux comprendre. Toi seule peux comprendre, répéta-t-il en écho. Tu n'es pas encore prête.

Et il s'évanouit dans la nuit.

2

J'étais sortie pour trouver le sommeil, et c'était alors bien pire. Cette nuit là je ne dormis pas, me repassant sans cesse le discours énigmatique du gamin. Ce petit con n'avait donc rien d'autre à faire ? Et pourquoi j'avais si peur ? C'était complètement insensé ! Je ne parvenais pas à me l'expliquer, même en retournant le problème sous tous les angles. Et toujours cette sensation d'oiseau de proie emprisonné dans ma poitrine. Et ce mal de crâne ! Plus aucune aspirine n'y faisait quoi que ce soit.

Le 25 décembre était, comme à l'ordinaire, étouffant. Les seuls invités de mes parents, étaient leurs cinq enfants, accompagnés de leurs conjoints respectifs et de leurs enfants. Les étapes de la journée se succédèrent dans le même ordre habituel, réglées comme une vieille valse, beaucoup trop dansée.

« Accueillis » par le vieux CD « *Les chants de Noël* » qui passait en boucle tout au long de la journée, mon frère et mes soeurs arrivèrent tous, en retard, comme d'habitude. Personne n'était pressé de venir fêter Noël chez mes parents… Dès que vous passiez le pas de la porte, c'est comme si vous étiez touchés directement par un manque de spontanéité vous obligeant à vous conduire comme un robot.

En essayant de se frayer un chemin au milieu de ce petit monde, entassé les uns sur les autres, on s'embrassait chacun son tour, de façon quasi militaire, accompagné d'un éternel « Ça va et toi ? » « Ça va » que ce soit vrai ou pas. Ainsi on avançait jusqu'à être dans la cuisine, où mon père, la tête basse, était concentré à verser des sachets de crackers dans de petits ramequins et où ma mère était faussement affairée, préparant le repas le plus difficile de sa vie : une éternelle fondue bourguignonne, de la salade verte et des chips.

– Allez ! On prend l'apéro ! Venez là ! ordonna mon père, Allez ! Rapprochez-vous ! J'ai pas envie de crier, je suis pas en forme, vous le savez…

Et toute de suite après, à la manière d'un enfant, il rentra la tête dans ses épaules, sa tassa et se mit à pleurer en silence, essayant de se contenir tout de même.

Tout le monde se regardait d'un air confus et finalement rappliquait, traînant la patte. Cela m'a toujours étonné de voir à quel point tout ce petit monde n'osait moufter en présence des parents, pourtant de plus en plus éteints.

L'apéritif se passait debout, au comptoir de la cuisine, et était constitué de cacahuètes, de chips, de tuiles, et autres genres industriels. Mon père écoulait bière sur bière, pendant que ma mère restait à la cuisine, ne se joignant jamais à nous. C'était toujours un moment d'inquisition, où chacun demandait à l'autre, devant les yeux de l'assemblée, comment se déroulait sa vie. Car voyez-vous, ma famille travaillait dur pour donner une image de forts liens entre ses membres, soudés face à tout, mais en réalité, chacun menait sa vie de son côté et ne se voyait qu'aux réunions de famille obligatoires. Ainsi, au bout de la ronde, vint mon tour.

– Alors, comment ça se passe les cours ? demanda mon frère.

– Ça va bien, répondis-je, pas très à l'aise avec tous ces regards sur moi, tout le monde s'intéressant faussement à moi tout d'un coup.

– C'est pas trop dur ? me questionna-t-il, apparement pas contenté par ma réponse.

– Euh... ça va. Il y a beaucoup de chose à retenir, ça fait beaucoup d'infos d'un coup mais ça me plait vraiment.

– T'es où déjà ? demanda une de mes soeurs.

– À Toulouse, dis-je un peu surprise par la question.

– Ah oui c'est vrai, maman me l'avait dit.

Un silence. Puis ils reparlèrent tous d'autre chose.

Ensuite, ce fut le moment d'ouvrir les cadeaux, enfin, seulement pour les enfants, car voyez-vous chez moi, dès que vous devenez majeur vous pouvez faire une croix sur les cadeaux et autres attentions. Ainsi mes cinq neveux et nièce, dont la trop grande attente avait complètement inhibée l'ambiance festive et l'impatience que représentent l'ouverture des cadeaux, ouvrirent leurs paquets, assez blasés. Aussitôt déballés, aussitôt rangés, le papier cadeau jeté. Gare à vous si vous en laissiez un bout par terre par inadvertance, ma mère vous tombait dessus et sans attendre.

Puis, ce fut l'heure de manger.

— Allez ! Asseyez-vous ! cria ma mère.

— A vos places, on passe à table, renchérit mon père.

Nous avions donc, nos places attitrées, identiques depuis toujours. Ainsi, comme d'ordinaire, j'étais assise entre le plus grand de mes neveux et mon frère.

Le repas fut interminable, comme toujours. C'est donc les regards fuyants, les yeux fixés sur nos assiettes, que nous mangeâmes l'éternel repas de Noël. Aucun de nous, les enfants, n'appréciaient la fondue bourguignonne - nous l'avions déjà fait savoir maintes fois - mais cela ne semblait pas gêner les parents. Ils servaient ceci chaque année car c'était un repas facile et rapide, ma mère ayant une sainte horreur de la cuisine. Malgré cela, elle trouvait à râler tout de même de recevoir « des gens » comme elle disait - et non ses propres enfants - car la maison allait être salie, car il y aurait trop de bruit, ou car il faudrait faire la vaisselle ensuite…

Les conversations étaient, en effet, bruyantes, et pour ma part, pas très intelligentes et terriblement sans intérêt. Ça parlait surtout politique, et un peu éducation des enfants, les mêmes donnant constamment leurs avis… Il n'était pas rare de ressentir le soir même et tout le lendemain d'un repas de famille une grosse douleur aux cordes vocales, s'accompagnant d'une voix éraillée, car vous aviez dû trop hausser le ton pour vous faire entendre dans ce brouhaha de fous. Mais au fil du temps, je ne prenais plus part aux conversations, j'attendais sagement que passe la journée.

Et au milieu de ce vacarme, montait doucement le bruit d'un autre discours. Celui de ma mère. Peu à peu les discussions cessaient autour pour ne laisser qu'entendre sa voix. Les regards étaient maintenant éberlués, mais personne ne l'empêchait de raconter ses saloperies. Elle accaparait toute l'attention et c'est ce qu'elle voulait.

— Vous avez vu ce qu'il se passe en ce moment ? L'heure est grave, commença-t-elle.

— Non, quoi ? s'étonna l'assemblée en choeur.

— Le changement… Nous sommes en train de muter, vous ne le sentez pas ?

— Non, se risqua quelqu'un - peut-être mon plus grand neveu - au bout d'un silence.

Nous mutons, nous évoluons. Ne voyez-vous pas tout autour de vous, la maladie. Tout le monde est malade. Il faut passer à l'étape supérieure. Accéder à « un moi » supérieur, plus évolué.

Un silence, les regards ne savaient plus où se poser…

Il ne faut pas en avoir peur, c'est comme ça. Que nous le voulions ou non, ça se passera. Il faut avoir la force de se réadapter ou sinon nous mourrons.

L'atmosphère était plus lourde que jamais.

Ainsi se poursuivit cette lente après-midi. Ma mère, incoercible, continua de déblatérer ses conneries pendant que mon père s'était endormi, supportant mal l'alcool ingéré, le coude sur la table, la tête reposant dans sa main, et ce jusqu'à la fin du repas.

Lorsqu'enfin la bûche fut avalée, le café bu, les conversations plus qu'épuisées, tour à tour, mes soeurs commencèrent à vouloir rentrer chez elles. L'angoisse m'envahit soudain. Une telle détresse s'empara de moi. Je ressentis une étreinte noire étouffer mon coeur et je me sentis soudain abandonnée.

L'air de rien, je me soustrayais en vitesse aux yeux de l'assemblée restante, pour m'enfermer dans ma chambre et pleurer. J'étais incontrôlable, inconsolable. Et c'est au bout d'une bonne vingtaine de minutes, que mon frère vint toquer à ma porte, s'inquiétant de mon absence. Je ne lui racontais rien à propos de l'histoire qui me terrifiait en silence, et feignais plutôt l'excuse du mal du pays - ce qui était bien sûr très vrai -.

    Ton chez toi te manque, hein ? me demanda-t-il.

    Oui, répondis-je entre deux sanglots. Je ne parvenais toujours pas à me calmer.

    Je comprends ça, ça m'a fait un peu le même effet quand je suis parti faire mes études à Marseille.

    Ah oui ?

    Ouais, au départ ça fait un peu drôle, tu quittes la maison, ta chambre, ton confort, malgré tout, même si ici c'est pas pas le *Club Med* !

Il me regarda d'un petit air entendu, un sourire aux lèvres. Je pouffais au milieu de mes larmes.

    Tu te retrouves tout seul dans un appart miteux, en haut d'une tour, des cafards de partout…

    Ah, ça me rappelle quelque chose, intervins-je, surtout le coup des cafards.

Nous éclatâmes de rire.

    Et ouais, au début on ne peut pas se payer le grand luxe… Mais ça viendra, tu verras.

Je hochais doucement la tête.

    Et tout ça, ça me rappelle moi, il y a pas mal d'années maintenant, mais le sentiment était le même. Finalement, tu prends goût à ta petite vie, à ton indépendance… Et quand tu dois revenir ici, finalement tu te demandes comment tu as fait pour survivre tant le contraste est saisissant.

Je hochais la tête et dis :

— Elle n'arrête pas de m'enfoncer, elle me tire constamment vers le bas, je ne peux plus.

— Je sais. Pour moi c'était pareil. Subir ou partir. Je crois que ça a été comme ça pour nous tous.

— Oui, soufflais-je. Il faut que je parte, je ne peux rester ici, pas même une heure de plus.

— Et bien rentre chez toi.

— Mais comment ?

— Comme tu es venue, en train, non ?

— Oui mais… j'ai déjà payé mon billet de retour et puis on est le jour de Noël…

— Ne t'inquiètes pas. Tu as les horaires sur toi ?

— Oui, dans mon sac.

Je sortais alors le dépliant des horaires de train pour prendre connaissance du dernier de la journée : 17H. Il était actuellement 16H : j'étais sauvée ! Avec une délicatesse qui ne lui était pas coutumière, mon frère me tendit deux billets : un de 20 et un de 10, et avec un clin d'oeil me souhaita un joyeux Noël. Je l'attrapais fort tout contre moi et sortais en trombe, décidée à dire haut et fort à qui voulait l'entendre que je partais, là, tout de suite, maintenant, sur le champ.

Evidemment cette annonce cassa net l'ambiance - si tant est qu'il y eut de l'ambiance -. Je me sentais un peu comme dans un film, où le temps s'arrête brusquement et seul le personnage principal a le pouvoir de bouger. Un énorme silence. Tout le monde arrêtant subitement sa conversation, leurs yeux braqués sur moi. Au bout d'un interminable instant, ma mère me demanda de m'expliquer.

    — C'est quoi cette histoire ? Une fois de plus, tu t'en vas ?

    — Oui... euh... je...

Une fois encore, je me sentais fautive. Je me remis à verser des torrents de larmes. Les messes basses de tous n'arrangeaient en rien mon état. Personne ne bougeait.

    — Ça sert à rien de pleurer. C'est pas toi qui devrait pleurer, regarde ton père ! aboya-t-elle.

Je jetais furtivement un coup d'oeil à mon père ; il semblait avoir reçu le pire choc de sa vie. D'abord, sorti de son sommeil alcoolisé - à coup de tapes de ma mère sur son crâne - il s'était levé pour dire au revoir aux invités qui partaient, il se laissa brusquement tomber sur sa chaise, sa bouche tombant sur le torse.

    — Tu n'es pas bien ici ? continua ma mère.

    — Non, je ne suis pas bien ici, répondis-je avec courage.

    — Ça n'a jamais été assez bien pour toi de toutes façons. Ingrate.

    — Mon chez-moi me manque.

    — Mais c'est ici chez toi.

    — Plus maintenant, dis-je doucement.

– Ah c'est ça, tu oublies tout, TOUT, cria-t-elle.
Trois mois te suffisent à balayer tout une vie !
Alors qu'on a toujours tout fait pour toi, on
s'est mit en quatre pour toi et voilà comment tu
réagis, comment tu nous remercies !

C'était dur, vraiment dur. Mais je tenus bon,
malgré ces mots, qui se voulaient tranchants, et
malgré l'incompréhension qui se lisait sur les
visages de chacun - mes soeurs, belle-soeur,
beaux-frères, neveux, nièce -. Incomprise, je
montais à l'étage en courant, chercher mon sac à
dos.

Vint ensuite le moment pénible des adieux. Je
m'en serai volontiers passé mais partir sans dire au
revoir, cela ne se faisait pas… J'embrassais
d'abord mon frère, le remerciant une nouvelle fois
au creux de l'oreille, puis je continuais avec sa
femme, ses enfants, mes soeurs, etc, jusqu'à ce que
ce soit au tour de ma mère. Elle me fit une bise
raide sans un seul mot. Mon père ne voulut pas
m'embrasser.

– Tu pars comme une voleuse, me dit-il.
– Non, je n'ai rien à prendre, on m'a tout pris,
répondis-je.

Et c'est sur cette phrase énigmatique, incomprise
de tout le monde et passant comme d'ordinaire
pour une folle, que je quittais la maison de mes
parents, en cette fin d'après-midi pluvieuse de
Noël.

Je me sentais à la fois libérée et à la fois coupable.
Je savais pertinemment que cette histoire ferait
parler et ce dès à présent, et pendant des années et
des années à venir, mais je ne pouvais tout
simplement plus rester là-bas. J'en étais incapable.
C'était de ma santé mentale dont il était question et
peu importe le prix à payer.

Pour une raison qui m'échappe, je me
retournais une dernière fois vers la maison
parentale avant de me lancer sur le chemin qui
m'attendait. Et c'est là que j'aperçus la silhouette
diaphane de Paul, derrière la fenêtre. Je réprimais
un petit tressaillement, mais quelque part au fond
de moi, je m'y attendais. Je me contins fermement
pour ne pas laisser transparaître que je m'étais une
nouvelle fois laissée surprendre. Il se tenait
statique, ses énormes yeux obscurs bordés de
tâches noires, me fixant avec force. Je me
retournais brusquement et avançais, résolue à ne
pas lui laisser une autre chance de se jouer de moi.
C'est sans me retourner et d'un pas précipité, que
je m'enfuis de Resist.

3

La gare de Resist n'était qu'à une quinzaine de
minutes à pied de la demeure familiale, et même
sous la pluie fine qui tombait, j'accomplis cette

petite marche en à peine dix minutes. C'était quasi jouissif de se dire que je m'éloignais de ce village que je détestais depuis toujours. Pas même le froid ni la nuit tombante ne parvinrent à me faire voir les choses différemment. J'étais en ébullition, empreinte d'une agitation qui s'évaporait par chaque pore de ma peau. Je ne pouvais pas me contenir et m'assoir bien sagement sur le banc, là, attendant le train. Je dansais d'un pied sur l'autre. Lorsque le train arriva, je me jetai presque contre la porte avant qu'elle ne s'ouvre. Ce qui me valut la remarque agacée du contrôleur qui me lança « Hé, il faut se calmer, ma p'tite dame ». J'avais envie de lui sauter à la gorge, mais je ne dis mot. Comme il fallait s'y attendre en ce jour de fête, le train était désert. Il devait compter en tout quatre personnes ; parfait.

Les quatre heures de trajet me parurent durer une éternité. Tout cela me semblait représenter une énorme perte de temps, alors que j'aurais pu m'éviter tellement de tracas et de dérangement. Je regrettais tant d'avoir cédé à la demande de mes parents. Je m'en voulais d'être si faible, si petite… Je réprimais des larmes brûlantes.

Accoudée à la fenêtre et à bout de force, sans m'en rendre compte, je finis par m'assoupir. Je fis là, un effroyable cauchemar, bien pire que ceux dont j'avais malheureusement pris l'habitude. Cette fois, je ne voyais plus Paul, mais son frère

Georges. Il était assez loin de moi et de dos, je ne pouvais pas voir son visage mais j'avais le sentiment intime que c'était lui. Oui, je savais que c'était lui. Corps pâle, contrastant avec d'épaisses ténèbres.

Tel un appareil photo, cherchant à faire la mise au point, mes yeux s'accommodèrent progressivement, même s'il faisait nuit noire. Au fur et à mesure, je pouvais percevoir plus de détails. Cela semblait se dérouler dans une espèce de jungle marécageuse où les herbes étaient hautes et les plantes grimpantes recouvraient les pierres. Bon nombre de grands arbres morts encadraient ce paysage désolé.

Pendant que la silhouette de Georges restait immobile, je balayais rapidement du regard les lieux. Mes yeux se fixèrent alors sur un monument en ruines. Cela avait tout l'air du vestige d'une chapelle d'un autre temps. Pas de doute, c'était bel et bien un édifice religieux, portant au sommet une croix dont la pierre était partiellement émiettée.

Elle était couverte d'un épais lierre, qui obstruait les trous qui laissaient deviner d'anciennes porte et fenêtre. Il y avait, de part et d'autre de ces décombres, d'énormes ronces emmêlées qui les entouraient.

Lorsque que mon attention se reposa à nouveau sur Georges, je me rendis compte qu'il n'avait pas bougé. Hiératique, il semblait attendre.

J'étais mal à l'aise d'être là, malgré moi. De plus en plus anxieuse. Cet endroit me paraissait si froid, si triste, si funèbre. Oppressée, je souhaitais me réveiller sur le champ.

Soudain, une sensation de pieux en plein coeur me cloua sur place. Sans comprendre pourquoi, je voulus hurler à Georges de s'enfuir, mais je ne le pouvais pas. Je voyais la scène depuis mes yeux, tout en étant privée de corps. Ainsi, je ne pouvais partir, ni même bouger. Cependant je ressentis une telle froideur s'insinuer en moi et davantage, jusqu'à ce que la peur me tétanise. Je crus défaillir.

Sans un bruit, un énorme éclair blanc zébra cette vision apocalyptique et me laissa dans la cécité un moment. Lorsque je rouvris les yeux, une silhouette encapuchonnée, blanche, brillante, presque phosphorescente, se tenait à l'entrée de la chapelle. Je ne vis rien de plus de ce spectre mais en ressentis toute sa profondeur, son étendue glacée, sans fond. La seule chose qui m'interpella, c'est le cierge blanc tenu entre ses mains, des mains qui semblaient humaines - des mains de femmes -, toutes aussi éclatantes. Mon sang se figea dans mes veines gelées. J'eus l'impression que la chaleur de mon corps m'avait quittée à jamais. Cette apparition ne dura, tout au plus, que quelques secondes. L'instant d'après, cette chose avait disparu à l'intérieur des ruines.

Tout de suite, mon regard se porta sur Georges.
Paralysée par la peur, je souhaitais plus que tout au
monde qu'il n'ait pas l'idée d'entrer dans la
chapelle. Mon coeur lui cria « Sauve-toi ! Cours !
Fuis ! Vas-t-en ! Maintenant ! Pars, pendant qu'il
en est encore temps ! » Georges se retourna alors,
me regarda d'un air impuissant, qui me brisa, et
pénétra à l'intérieur.

    NON ! NON ! NON ! Georges ! Ne fais pas
    ça ! N'y vas pas ! braillais-je lorsque la voix
    grave d'un homme couvrit la mienne et me fit
    sortir de ma stupeur.

    Hé petite, réveille-toi ! Réveille-toi, bon dieu de
    bon dieu !

Le visage gigantesque d'un vieil homme au
chapeau haut de forme interminable m'apparut,
flou, au dessus de moi. C'est alors que je m'aperçus
que j'étais étendue sur le sol, mon visage plaqué
contre la moquette multicolore et rêche du train.
Mon corps était secoué de spasmes et j'étais
violemment aveuglée par une atroce clarté,
suppléée par une insupportable céphalée.
Je portais tout de suite la main aux yeux, craignant
un instant pour la santé de ma vue.

- Je ne vois plus rien ! Je ne vois plus rien !
Me rendant compte que ma vision revenait
progressivement à la normale, je me tournais
brusquement vers le vieux monsieur qui m'avait
faite revenir dans la vie. Il se tenait toujours dans

la même position accroupie, comme à mon chevet, les traits de son visage trahissant l'inquiétude et l'incompréhension.

Je sautais immédiatement sur mes pieds et tentais de le rassurer comme je le pouvais. Je m'excusai et feignis d'être tombée en malaise, probablement dû à la fatigue accumulée. Il ne me répondit pas et je vis que ces quelques explications ne parvinrent pas à effacer l'affolement et le scepticisme de son visage. Je levais la tête et remarquais que les autres passagers fixaient sur moi des regards éberlués et suspicieux.

4

Heureusement pour moi il ne me restait qu'une dizaine de minutes avant mon arrêt. Je m'assis bien sagement, me recroquevillant sur mon siège, prenant le moins de place possible et baissant la tête, faisant semblant de ne pas voir les regards braqués sur moi.

Lorsque je descendis du train, le contrôleur me dévisagea en secouant la tête. J'avais envie une nouvelle fois de lui sauter au cou, et une nouvelle fois, je n'en fis rien.

Quand j'arrivai enfin devant la résidence, cette image me serra le coeur de joie au point de me faire presque mal. Welcome Home.

Une fois la porte de mon logement fermée, une fois en sécurité, je jetais à terre mon sac à dos et craquais sans retenue. Je me sentais humiliée, bafouée, blessée. J'en avais assez d'être la risée du monde entier depuis ma naissance. Et que m'arrivait-il ? Pourquoi à moi ? Que cela cesse ! Et seule dans mon 9m2, je me mis à hurler comme une démente.

Pourquoi tout le monde me tire toujours vers le bas ? Ils ne veulent pas que je m'en sorte !

Je me surpris à attraper la première chaise venue et la balancer furieusement à travers l'appartement.

Je travaille dur pour m'en sortir et ils ne veulent pas ! Ils ne veulent pas que je les dépasse !

J'attrapai la chaise restante et la jetai aussi violemment que la première.

C'est injuste ! Injuste ! Bordel de merde ! Et pourquoi maintenant ? Ça veut dire quoi ?

J'atteignis la table à manger, qui était fort lourde, en chêne massif, et la retournai contre le lit, qui arracha au passage, le radiateur électrique.

J'étais révoltée ; révoltée par la famille, révoltée par les autres, révoltée par le monde extérieur, révoltée par la vie.

Etant donné que la pièce était pauvrement meublée, il n'y avait alors plus rien à éjecter. Alors, pour apaiser ma colère, je me mis à cogner les murs, mes petits poings nus contre le crépit blanc passé. Portant un coup, puis un autre, encore…

— Personne ne veut que je sois heureuse ! Je ne serai jamais heureuse ! vociférai-je lorsque j'entendis une série de coups à la porte d'entrée, puis une voix inquiète de jeune homme.

— Qu'est-ce qui se passe là-dedans ? Neige ! Qu'est-ce-que tu fais ?

Les coups à la porte recommençaient, plus forts.

Ce vacarme me fit sortir de ma transe, et je m'aperçus que mes mains étaient couvertes de sang. La douleur vint juste après.

Le temps que je réagisse, la même voix exigea de moi que je réponde. Le temps d'attraper un torchon pour panser mes mains, j'ouvris la porte. Jude, un garçon de ma classe, qui vivait également dans la résidence, se tenait sur le palier, la surprise peinte sur son visage. Tout de suite, je me rendis compte de l'heure qu'il était et m'excusais pour la gêne occasionnée. Evidemment, cela ne lui suffit pas à tourner les talons et à rentrer tranquillement chez lui. Il attendait quelque chose, une conversation, une explication. Alors, j'articulais quelque chose comme « J'ai passé un très mauvais Noël. » Il avait toujours cet air sérieusement perplexe qui m'indiquait que ma réponse ne le contentait pas non plus. J'essayais de réfléchir vite, mais je ne voyais pas vraiment quoi lui dire. Comment expliquer l'inexplicable. Puis je vis dans la cage d'escaliers, les visages déconfits de deux filles de ma classe, elles aussi vivant dans le même immeuble. Leurs yeux s'écarquillèrent et s'arrêtèrent sur mes mains, dont le torchon, auparavant immaculé, avait entièrement épongé le sang. Elles semblaient avoir vu un fantôme. D'emblée, je m'excusais une nouvelle fois. Personne ne répondit. Ce silence désagréable me fit comprendre qu'ils me prenaient tous pour une folle. Eux aussi.

Aussitôt, je leur claquai la porte au nez et je partis me tapir dans un coin de la pièce, des larmes amères coulant sur mes joues. Que m'arrivait-il ? Comment pouvais-je perdre mon sang froid à ce point. C'était le genre de comportement dont j'étais, d'ordinaire, incapable. Je ne me reconnaissais plus et ce constat finit de m'achever.

De fatigue, je m'endormis dans le coin de la pièce, recroquevillée sur le carrelage aux tomettes fendillées couleur brique. Cette nuit là, je dormis enfin d'un sommeil profond et sans rêve.

5

Les jours qui suivirent cet incident, je me sentais mieux, plus reposée, moins effrayée aussi. Je décidais de tirer profit du temps que j'avais, pour réviser mes cours. Lorsque je devais sortir pour me ravitailler à la supérette d'en face, je me faisais la plus petite possible, scrutant un long moment le moindre bruit, afin d'être certaine de ne croiser personne dans les escaliers. Aussi, je prenais grand soin de ne pas claquer les portes et marchais sur la pointe des pieds. En cette période de fêtes, la résidence était encore plus calme qu'à l'accoutumée, la plupart des étudiants étant rentrés chez leurs parents pour les vacances. Sur les dix élèves qui occupaient l'immeuble, nous étions quatre à être restés ici. Cette accalmie était, pour moi, la bienvenue. Elle contrastait agréablement avec la tempête intérieure dont j'avais été victime ces derniers jours. De nouveau, je me retrouvais un peu plus, mon égale personnalité refaisait surface, et cela me rassurait réellement.

J'étais alors en pleine révision lorsqu'on frappa à ma porte. Je sursautais car ce bruit me renvoya à l'épisode de seulement quelques jours en arrière. J'avais presque peur d'ouvrir, peur d'entendre quelques reproches quant à cette fâcheuse histoire. Encore, quelqu'un toquait à ma porte, timidement

cette fois. Ma curiosité l'emporta sur ma crainte.
Les joues rouges de honte, le regard fuyant, je
saluais Luna et Madeleine, les deux filles de ma
classe qui s'étaient comme figées dans les escaliers
le jour où j'ai perdu pied. Elles aussi n'étaient pas
à leur aise, n'osant croiser mon regard, les yeux
sur leurs chaussures. Puis Luna se décida à me
demander, d'une voix à peine audible, si je voulais
venir passer le jour de l'an avec elles et Jude. Elle
ajouta, d'un ton un peu plus assuré, qu'ils avaient
prévu de se confectionner un petit repas simple,
dans le but de fêter la nouvelle année ensemble.
J'étais franchement étonnée par cette invitation,
revoyant mentalement leurs visages figés et
choqués, qui ne pouvaient se détourner de mes
mains ensanglantées dans le chiffon écarlate. C'est
le :

« Alors ? Tu acceptes ? » de Luna, qui me fit
sortir de ma rêverie.

Les joues empourprées, j'acquiesçais, les
remerciant. Puis, elles tournèrent les talons
immédiatement.

Ce soir là, à mon grand malheur, je vécus la
même hantise que celle éprouvée dans le train.
Identique, quoi que légèrement plus précise…
J'étais encore prise au piège dans cette scène
abandonnée, plongée dans les ténèbres, où la
silhouette livide de Georges, de dos, attendait,
immobile, entre les grands arbres morts. J'eus

l'impression que cela dura moins longtemps que la fois précédente. Déjà, un froid glacial s'empara de moi, tétanisant chaque muscle de mon corps. Angoissée, tourmentée, à bout de souffle, je ne voulais pas voir ce que je savais qu'il arriverait. J'aurais voulu me boucher les oreilles, me crever les yeux pour ne pas voir. Refuser. Résister.

Et soudain, une douleur brutale, semblable à une crise cardiaque, me paralysa ; je crus m'évanouir. Ce même éclair blanc. Aveugle, je rouvris les yeux malgré moi et distinguai la silhouette encapuchonnée, éclatante dans l'obscurité. Elle se tenait à l'entrée de la chapelle en ruines. L'espace d'un quart de seconde, mon attention se porta brièvement sur ses mains - ses mains délicates - un cierge blanc tenu entre elles. Lors du précédent cauchemar, je l'avais distingué, mais ce détail ne m'avait pas interpellé. Aujourd'hui, je ne sais pourquoi mais cela rajouta en moi un tel degré de panique. Lors du rêve dans le train, il était allumé mais la bougie semblait neuve. Cette fois, elle était consumée de moitié. Dans la nuit noire, la faible lueur du cierge fit ressortir avec force la blancheur du voile. J'aurai voulu hurler, m'arracher les yeux, tout arrêter. Subitement, le spectre se tourna imperceptiblement vers moi, et je crus mourir. Je me sentie alors prisonnière, prise de force, plaquée, contrainte de ne regarder que lui, et de ressentir sa profondeur. Un abysse sans fond.

L'instant d'après, cette chose disparut dans les décombres recouvertes.

C'est alors que Georges se tourna vers moi, le même air faible peint sur son visage blafard.

J'entendis sa voix, sans qu'il n'ouvre la bouche. Continuant de me fixer de ses yeux tristes, il s'adressa à moi.

Tu ne peux pas me sauver, mais sauve-toi.

Puis, il traversa les ronces épaisses et entra dans la chapelle.

Je me réveillai trempée de sueur, pourtant gelée jusqu'à la moelle. Je frissonnais au point d'en avoir les dents qui claquent. Fiévreuse et victime d'une terrible douleur aux yeux et au crâne, j'avalais immédiatement une aspirine, combinée d'un sédatif, espérant que ce cocktail m'aiderait à faire passer mon état actuel de terreur. Mon coeur battait la chamade, j'haletais tel un cheval de course, mon corps parcouru de spasmes.

Je passais le restant de la nuit, les yeux rivés sur le plafond, me repassant en boucle le déroulement de ce cauchemar. Je n'en pouvais plus. Tout cela me perturbait beaucoup trop.

6

Nous étions alors le 31 décembre, le dernier jour de l'année. Voyez-vous, j'étais plutôt pressée de dire au revoir à 1993 et de passer à un nouveau chapitre, que je souhaitais réellement meilleur. Je me persuadais qu'au plus il y aurait de temps entre « mon ancienne vie » et « ma nouvelle vie », au plus les choses s'amélioreraient.

J'étais certaine que ces horribles cauchemars étaient dus à mon vécu à Resist et qu'ils se manifestaient maintenant puisqu'il y avait, pour moi, pas mal de changement ces derniers mois. Du temps, il me fallait du temps… Jusqu'à ce jour, je continuais chaque nuit de faire ces songes cauchemardesques et par extension, à manquer de sommeil. Les sédatifs n'y faisant rien, et ne pouvant continuer ainsi, au détriment de ma santé, j'avais pris l'initiative de consulter un médecin afin d'obtenir une prescription de somnifères. Il fallait que je dorme.

La veille, j'avais donc pris rendez-vous. Mais, malheureusement pour moi, la consultation était programmée à dans trois jours, ce qui représentait à mes yeux, un laps de temps beaucoup trop long. Exténuée, chaque journée j'avais une peur panique de la nuit à venir, et quand la nuit venait enfin, j'avais peur de m'endormir.

J'avais téléphoné à d'autres praticiens et le constat était le même - ce qui est bien normal vu la période - ; tous en vacances. A bout, je patientais alors jusqu'au retour du docteur, dans trois jours.

Ce soir, je ne dormirai pas. Non, ce soir c'est la fin de cette misérable année. Et c'est non sans une pointe d'inquiétude, mais le baume au coeur, que je me dirigeais chez Luna, une quiche aux poireaux dans les mains, pour fêter le jour de l'an, où j'avais été gentiment invitée. Je m'étais vêtue d'une petite robe noire, toute simple, mais qui faisait toujours son effet. J'avais chaussé mes éternelles *Dr Martens* vernies, couleur cerise et avais décidé de laisser tranquille, comme d'ordinaire, mon épaisse tignasse ondulée. Je n'étais pas du genre maquillage, mais exceptionnellement, j'avais appliqué un peu d'anti-cernes sous les yeux car au fil des jours, mon visage trahissait une extrême fatigue. Je ne voulais surtout pas éveiller les soupçons, ni même devoir parler de mon sommeil avec mes camarades. Cette soirée devait constituer un moment sympathique, agréable, où l'on siroterait un verre, tout en discutant des cours.

C'était exactement ce dont j'avais besoin, un peu de gaieté depuis tous ces jours si sombres. Je ne voulais rien gâcher, et étais bien disposée à tout faire pour leur faire oublier l'incident de la dernière fois.

Il était donc 19 heures précises, lorsque je me présentais devant la porte de Luna. Elle m'ouvrit instantanément et me souhaita la bienvenue, un sourire radieux aux lèvres. Elle rayonnait, habillée d'une magnifique, mais combien étrange, robe longue, ocre, faite de satin et de voilages, cousue par du fil d'or. Cela se mariait merveilleusement bien avec ses beaux cheveux blonds coupés au carré court et son teint pâle et uniforme. Je fus priée d'entrer et fus accueillie par Madeleine et Jude. Eux aussi s'étaient mis sur leur 31 - si je puis dire - avec beaucoup de goût. Madeleine portait une superbe robe longue, en velours d'un vert profond, qui allait divinement bien avec ses longs cheveux roux et sa peau claire, constellée de tâches de rousseurs. Jude, lui, avait choisi de se parer d'une chemise d'un blanc immaculée, parfaitement cintrée et sans un pli, ornée d'un élégant noeud papillon de satin noir. Le tout avec un pantalon et une veste de costume bleu marine, sobre mais classe. Tous arboraient un franc sourire de sympathie à mon égard, ce qui réussit d'emblée à me mettre à l'aise.

Il était fort appréciable que chacun ait joué le jeu, ramenant à boire et à manger - d'autant plus que la nourriture était faite maison -. Luna me fit faire un rapide tour de son appartement, identiquement construit au mien. Cependant, elle y avait changé bon nombres de meubles, l'avait décoré de somptueux rideaux et linge de lit, du même esprit que sa robe. Elle avait placé de jolis miroirs dorés, et au centre de la pièce, trônait un énorme tapis en forme de soleil. J'étais franchement admirative ; ça lui ressemblait tellement.

La suite de la soirée se déroula dans la même bonne humeur qu'elle avait commencé. Nous bûmes un excellent champagne, de grande qualité - certainement le meilleur que j'avais jamais bu - offert par Jude, tout en discutant et dégustant les petits mets que chacun avait cuisiné pour l'occasion. Quel bien fou cela me fit.

Je pris conscience, intérieurement, de la solitude dans laquelle j'étais plongée, ces derniers temps et depuis toujours. A cette idée, je ravalais une larme. Non, ce n'était absolument pas le moment. Il ne fallait rien gâcher, à aucun prix.

J'en appris davantage quant à mes collègues, d'où ils venaient, de quelle genre de familles ils étaient issus, la manière dont ils vivaient la vie étudiante, et évidemment nous conversâmes de nos cours communs. C'était à peu près comme j'avais imaginé les choses, jusqu'à ce que minuit sonne.

Après les embrassades de rigueur et les voeux souhaités pour chacun d'entre nous, nous nous retrouvâmes à ne pas trop savoir quoi nous dire. Pourtant aucun d'entre nous ne semblait désirer prendre congé.

Le stock des conversations classiques avait alors été écoulé jusqu'à ce que Jude proposa, d'une voix qui brisa le silence quelque peu embarrassé :

— Et si on se racontait des histoires de fantômes ? Aussitôt, un frisson me parcouru l'échine. Madeleine le vit et ses yeux firent, sur les deux autres, un gauche-droite rapide, dont personne ne sembla percevoir. Cette idée ne m'enchantait absolument pas mais je n'osais rien dire, ne voulant pas que l'on associe ma réticence à l'épisode dégradant dont j'avais été l'héroïne et dont ils avaient été les témoins.

Comme d'une seule voix, Luna parla pour nous :

— Oh ouais, super ! On va s'filer les chocottes ! Le temps semblait s'être arrêté. L'image en face de moi, de Luna et de Jude, me paraissait être en *slow-motion*. Les traits de leurs visages témoignaient d'une vive excitation. J'entendais leur conversation comme au ralenti, un bourdonnement dans les oreilles. Ils jubilaient, leur euphorie grandissante, pendant que Madeleine regardait ses ballerines vernies et que moi, je fixais du regard le cure dent que je tenais fermement dans ma main droite, le faisant tourner frénétiquement entre mes doigts. Le cri d'une Luna enthousiaste me sorti de cet état de flou ralenti ;

— Allez ! Mais c'est moi qui commence alors !

— D'accord, commence, lui répondit Jude.

Mon coeur se serra. Luna attaqua son histoire, arborant un large sourire et une lueur passa dans ses yeux ;

— Alors, ça se passe un soir, un peu après minuit. Une fille rentre d'une soirée. Elle vient d'avoir le permis et rentre chez elle au volant du vieux break de ses parents. Elle met son clignotant à droite pour prendre la sortie qui va à son village, quand elle voit des panneaux de travaux qui la barrent. Elle regarde dans son rétroviseur : sur la route, pas un chat, rien. Elle se range proprement sur le bas côté, en *warning*, et elle réfléchit à ce qu'elle va faire. Elle trouve ça bizarre, car à l'allée il n'y avait pas de travaux et on était dimanche soir. Si elle continue par la route principale il faudrait qu'elle se rajoute plus de vingt minutes encore, alors que la maison de ses parents n'est qu'à six minutes de la sortie. Elle était claquée et elle avait un peu dépassé le taux d'alcoolémie autorisé. Si elle roulait encore, elle aurait une chance de plus de tomber sur des flics. Alors, elle coupe le contact et sort du break. Elle ferme la voiture à clef et insiste avec la serrure du coffre, qui déconne. Elle s'avance vers les panneaux signalant les travaux et …

— Oh non, pourquoi elle fait ça ? coupa Madeleine.

— Chuuut, fit Jude.

– Laisse-moi finir et tu verras, répondit Luna, pour reprendre ensuite.

– Du coup, elle voit qu'il n'y a que deux pauvres panneaux, elle se dit qu'elle peut les déplacer le temps de passer. Elle avance un peu pour se rendre compte de la nature de ces travaux, voir s'ils peuvent être contournés. Mais elle n'en voit aucun. Elle avance, avance encore. Toujours rien. Elle arrive à l'entrée du village et pas l'ombre d'un trou. Pas de goudron frais. Rien de rien. Elle se dit que les travaux doivent être terminés ou au contraire, pas encore faits. Les panneaux de signalisation ont pu être placés tard dans la soirée en vue du lendemain matin. Elle rebrousse donc son chemin et retourne à sa voiture, soulagée de ne pas devoir faire le tour. Sur la route, toujours pas âme qui vive. Elle démarre et vient se garer juste à côté des panneaux. Elle sort et en pousse un, remonte dans sa voiture, avance un peu, puis ressort pour le remettre en place. Elle redémarre quand d'un coup, le loquet de la portière s'enclenche. Elle sursaute et regarde le bouton, enfoncé vers le bas, pendant qu'elle sent une présence derrière elle, un souffle… Elle regarde dans son rétroviseur intérieur et voit là le visage d'un homme ! Elle hurle ! Mais trop tard, elle sent des mains se refermer sur sa gorge, il l'étrangle !

Ahah ! Mortel ! fit Jude.

Mortel, ça tu peux le dire, pouffa Luna. Et ils partirent dans un fou rire.

J'observais furtivement Madeleine, dont le regard n'avait pas quitté ses souliers. De mon côté, je n'étais pas à l'aise, mais cette histoire s'était révélée bien moins effrayante que ce que j'avais imaginé. Comparée à mes affreux cauchemars, cette fable semblait presque risible. Je comprenais alors la réaction de mes camarades et je leur souris.

Ok, ok, à moi maintenant, s'empressa Jude.

Vas-y, encouragea Luna, qui riait encore.

Je vous préviens, c'est une histoire terrifiante, continua Jude. C'est l'histoire d'un adolescent qui perd pied progressivement. Sans le savoir, il est victime d'un jeu sordide. Sans comprendre, il se retrouve dans un lieu abandonné, sans âge ni époque.

Je manquais de m'étouffer avec mon verre d'eau, et crachais devant moi, assez impoliment. Tous me regardèrent d'un drôle d'air et Luna finit par me tapoter doucement le dos.

Désolé, m'excusais-je.

Comme je disais donc, reprit Jude, ce type se retrouve, sans comprendre, dans un lieu qu'il ne connaît pas. Un paysage jonché d'herbes folles. Et au milieu de ce paysage il voit une petite église.

À cette évocation, je fus prise de vertige, prise d'une soudaine faiblesse. Je vacillais sur ma chaise, ma vision se troublant. Je voyais les lèvres de Luna bouger en face de moi mais je ne parvenais pas à l'entendre, un fort bourdonnement dans les oreilles. C'est la poigne ferme de Jude, me serrant le bras, tout en me secouant légèrement, qui me fit sortir de ma torpeur.

— Hé ! Neige ! Est-ce que ça va ?

— Hein ? Oui… Oui… ça va. Désolée, je suis fatiguée, c'est tout.

— C'est vrai qu'il se fait tard, approuva Madeleine, on devrait rentrer se coucher.

— Vous ne partirez pas avant la fin de mon histoire les filles !

— Non, ça ne se fait pas ! dit Luna. Allez, la conclusion et au lit !

— Très bien, j'abrège. Donc, ce gars reste là, ébahi devant cette église. Il est bloqué, il ne peut pas bouger. Soudain, apparaît une sorte de dame blanche.

— NON ! NON ! NON ! hurlais-je en tenant fermement mes mains pressées contre mes oreilles. LA FERME ! TU VAS LA FERMER OUI ? FERME TA PUTAIN DE GUEULE ! MERDE ! De la salive écumante au bord de mes lèvres fut projetée en milliers de postillons tout autour de moi. Hystérique et prise d'une violente crise de nerf, je balayais de mon bras tout ce qu'il se trouvait sur la table. Les tasses à café, les assiettes à desserts, les verres à pieds se brisèrent sur le carrelage.

— Putain Neige, mais qu'est-ce qu'il te prend ? dit Jude, abasourdi.

Bouches grandes ouvertes, yeux écarquillés, les deux filles étaient figées et profondément choquées.

— JE VEUX QUE ÇA CESSE ! JE VEUX QUE ÇA CESSE ! criais-je, en plein délire, haletant, suffocant. Mon coeur palpitait comme jamais, mon sang était en ébullition. Progressivement, ma vue se brouillait. L'oiseau noir pris au piège dans ma cage thoracique cherchait à s'envoler et se logea dans ma gorge. Puis j'entendis, comme de très loin, Luna affolée, qui ordonnait à Jude de me retenir, et ensuite, Jude, indigné.

— Merde, elle a gerbé.

Je fus tirée du coma par des bruits d'affairement. Mon ouïe se définissait de mieux en mieux. J'entendis l'éclat cristallin du verre brisé que l'on ramasse avec une pelle, et le tintement d'assiettes de porcelaine. Je perçus ensuite l'odeur âcre de vomissures et me sentis mouillée au visage et dans le cou. Ma peau était en contact avec un sol froid et dur. Lorsque j'ouvris les yeux, je m'aperçus que j'étais étalée sur le carrelage de Luna, mise en position latérale de sécurité, Jude à mes côtés. Avec difficulté, je me relevais doucement, et ne réussis seulement qu'à me mettre sur les coudes. J'étais vidée.

La folie de mon comportement me revint alors en tête et alors un épouvantable sentiment de honte s'empara de moi. Je me mis à pleurer des torrents de larmes, sans pouvoir me contenir. C'était affreux.

— Oh non, et voilà qu'elle nous fait le coup de la crise de larmes maintenant, dit Jude.

— Raccompagne-là chez elle, s'il te plait, trancha Luna. Elle arborait désormais un visage aux traits tirés, que je ne lui avais jamais vu.

D'un bond je me mis debout.

— Excuse-moi Luna, je suis sincèrement désolée. Je vais payer pour toute la casse.

Son expression fortement énervée et son regard glacé, fixé sur moi, suggéraient qu'elle était excédée.

— Je ne me sens pas dans mon assiette en ce moment, je suis fatiguée et il …

— Assez ! coupa Luna.

— Il est tard et puis j'…

— J'en ai assez ! Dehors ! acheva-t-elle.

Jude renfila sa veste et me fit signe de le suivre.

Je jetais un dernier coup d'oeil aux deux filles, qui se détournèrent aussitôt. En prenant soin de ne pas croiser mon regard, Jude m'accompagna jusqu'au pas de la porte, puis me souhaita une bonne nuit sans y ajouter mot. Je ne lui répondis pas, ni même n'osais me retourner car je pleurais toujours. Je jugeais m'être assez donnée en spectacle pour ce soir et je me sentais suffisamment déshonorée.

À partir de cette soirée, mes camarades m'évitèrent, irréversiblement.

La dépression

1

Les jours d'après cet incident et la période qui suivie, furent pour moi, des plus difficiles. J'étais centrée sur moi même, sur mon mal-être, vaincue d'avance, la honte et la peur pesant lourd sur mes maigres épaules. Je n'avais plus d'appétit, ni même le goût des études, ce qui était encore plus anormal. Mon volet était constamment fermé, la lumière éteinte.

Obsédée, j'occupais toutes mes journées, couchée au lit, les yeux fixés au plafond, me rejouant mentalement, l'éternelle scène funeste de mes cauchemars, en boucle. Ruinée, je passais toutes mes nuits, dans ce sempiternel état de terreur oppressant. Peu à peu, je sombrais dans la déchéance.

Le 2 janvier, jour de la rentrée, je n'eus pas la force d'aller en cours. Ce choix me faisait me sentir viscéralement coupable, mais j'étais trop anéantie pour affronter le monde. À l'idée de revoir Jude, Luna et Madeleine, je fus prise d'angoisse, ma tête se mit à me tourner, de la sueur perla sur mes tempes. Je tombais dans les pommes.

Le lendemain, du plomb dans l'aile, je ne réussis toujours pas à sortir de mon lit. J'avais pourtant rendez-vous chez le médecin. Au bout d'un interminable conflit intérieur entre « y aller » ou « ne pas y aller », « ne pas y aller » l'emporta. J'avais réellement besoin de cette consultation mais je ne pouvais me résoudre à quitter mon chez-moi - mon abri-. Cette décision continua de me faire me détester moi-même et affecta sérieusement ma santé. Devenue insomniaque et malade, je dépérissais.

Finalement, au bout d'un mois, je décidais qu'il fallait absolument que je me rende chez un docteur. Je me sentais diminuer de jour en jour et il fallait que je retrouve le sommeil.
Cet entretien fut un des plus - ou le plus - désagréable de toute mon existence. Déconfite, j'entrai dans le cabinet d'une praticienne, qui me regarda m'avancer avec une telle perplexité. Dans l'embarras, elle m'invita à prendre place, s'asseyant à son bureau, en face de moi, mais détournant le regard. C'était la première fois que je la rencontrai. Au bout d'un long et pesant silence, elle se décida à me demander mon identité et le motif de ma venue. Mal à l'aise, je cherchai mes mots, ne voulant pas rentrer dans les détails. Mon explication ne sembla pas apaiser sa gêne, elle fit

une drôle de moue sans lever les yeux, trop
concentrée à noter des choses sur un bout de
papier. Je me mis à vouloir argumenter davantage
la situation, mais je m'emmêlai, mon discours étant
excessivement confus. Alors, elle m'interrompit
doucement et me dit de la suivre pour l'examen.
Lorsqu'elle me fit monter sur la balance,
j'hallucinai. 40 kilos.

    C'est impossible, dis-je, votre balance ne
    marche pas bien.

    Descendez. Remontez.

40 kilos.

    Non, elle ne fonctionne pas.

Le médecin s'avança vers moi pour observer le
chiffre.

    Eh bien, quel est le problème ? Ça correspond,
    non ?

    Non, je fais 10 kilos de plus, ce n'est pas
    possible.

    Le pèse personne fonctionne très bien, je vous
    assure. Il a servi il y a à peine 10 minutes.

J'étais tout à coup muette, je ne comprenais pas…
Ce n'était pas possible, pas envisageable. Je
regardais mes vêtements et soudain je me rendis
compte que mon pantalon - entre autres - était bien
trop grand. Il devait avoir bien 2 voire 3 tailles de
trop. Je n'avais pourtant rien vu en m'habillant ce
jour, je m'étais contentée de serrer très fort ma
ceinture, sans faire attention à ce que je faisais.

Devant mon hébétude, la thérapeute posa une main délicate sur mon épaule et tendit l'autre devant elle.

— Venez, venez vous voir dans le miroir.

Je m'y approchai avec lenteur, mes pas résonnant sur le parquet du cabinet.

Lorsque j'aperçus mon reflet, ce fut un choc insoutenable. Je ne pus contenir un cri aigu, la mâchoire tombant. Qu'étais-je donc devenue ? Où était passée Neige, la fille drôle et déterminée ? Je n'étais plus que l'ombre de moi-même. Un spectre affreux au teint cireux, jaunâtre, malade, aux yeux rouges, enfoncés dans leurs orbites, des cercles noirs autour. Mes cheveux étaient sales, pendants, gras et emmêlés - depuis quand n'avais-je pas pris de douche ? -. Cette pensée me valut un frisson de dégoût. La fille que j'observais dans le miroir était une épave répugnante. Une démente tout droit sortie d'un asile d'aliénés. Soudain, je m'écroulais, en larmes.

Le médecin me rattrapa de justesse et me raccompagna doucement jusqu'à la chaise de son bureau. À nouveau, un profond silence s'installa. Les yeux rivés sur mes chaussures, je pleurais sans un bruit, reniflant.

À voix basse, la praticienne me demanda :

— Vous vivez seule ?

— Oui, articulais-je entre deux sanglots.

— Où est votre famille ?

— Morte, mentis-je.

Cette fois elle me regardait bien en face et je vis sur son visage qu'elle ne me croyait pas.

— Vous avez besoin d'aide.

À ce constat je n'eus pas daigné répondre, ni même lever les yeux.

— Je vais vous prescrire un anxiolytique, ajouta-t-elle, mais ce n'est pas cela qui va mettre un terme à vos problèmes. Il va falloir consulter un psychiatre. Il va falloir vous faire aider, ne restez pas comme cela.

Elle reprit son stylo et écrivit quelque chose.

À cette évocation, je relevai brutalement la tête, ébahie.

— Un psychiatre ?

— Oui, dit-elle me tendant un post-it jaune. Il y avait un nom inscrit dessus et un numéro de téléphone.

— Je vous recommande Mme Flores, elle est très bien.

J'étais bouche-bée, pas un son ne sorti de ma bouche.

Je récupérais le papier ainsi que l'ordonnance. Puis sans un mot, je pris congé du docteur.

2

Complètement sonnée, je dus faire un crochet par la pharmacie qui faisait l'angle de la rue, afin d'obtenir sur le champ, mon précieux somnifère. Encore un dernier effort et je serai à la maison, bien tranquille, dans mon cocon. Cette idée me motiva et je pressai alors le pas. Arrivée devant les énormes portes vitrées de la pharmacie, l'ombre d'un reflet squelettique se dessina - mon reflet -. Je ravalai ma salive, rendue âpre. Je me détournai de cette image et entrai précipitamment. Tous les regards se braquèrent alors sur moi, ceux des clients et ceux des pharmaciens. Tous ces yeux me faisaient mal, j'avais l'impression qu'ils s'enfonçaient, un à un, dans ma chair, comme des lames de rasoir.

Désormais consciente de mon affreuse apparence, j'avais terriblement honte. Je souhaitais me soustraire de leurs regards acides, tranchants, pénétrants. J'aurais voulu ne pas me trouver là. J'aurais voulu disparaître. J'aurais voulu ne pas exister.

Sans pouvoir parler, fixant mes chaussures, je posais l'ordonnance sur le comptoir d'un vieil homme clairsemé. Il me toisa, du haut de ses fines lunettes transparentes, qui lui donnaient un air sévère. Il ramassa la prescription et le visage de marbre, il partit dans le fond de la boutique. Cette attente me parut interminable. Les autres personnes présentes dans la pharmacie, continuaient de me juger des yeux. Je me sentais faiblir un peu plus, l'odeur prenante de l'alcool me remplissant le nez. Je me trouvais au bord du malaise quand le monsieur à la mine stricte revint. Sans échanger un seul mot, je m'enfuis, la boîte du médicament fortement serrée dans la paume de la main.

Sur le chemin du retour, j'éclatais une nouvelle fois en sanglots, tout en marchant à toute vitesse. Les passants me dévisageaient, mais je n'y prêtais plus attention, laissant volontairement leur image se brouiller par mes larmes.

Rentrée chez moi, dans mon petit nid douillet, je me sentis enfin en sécurité. J'épongeai mes yeux mouillés et entrepris d'avaler immédiatement un comprimé de la médication prescrite. Cependant, je lus la notice avant, comme on nous l'avait apprit à l'école.

*LEXOMIL 6 mg, comprimé quadrisécable, **Classe** **pharmacothérapeutique : DERIVES DES** **BENZODIAZEPINES, code ATC: N05BA (N:** *système nerveux central). Ce médicament est préconisé dans le traitement de l'anxiété lorsque celle-ci s'accompagne de troubles gênants, ou en prévention et/ou traitement des manifestations liées à un sevrage alcoolique. Risque de*

*DEPENDANCE : ce traitement peut entraîner,
surtout en cas d'utilisation prolongée, un état de
dépendance physique et psychologique.*

Mon coeur se serra. Le médecin m'avait en fait
prescrit un anti-dépresseur et non un somnifère. Je
me sentis soudain trahie, ce n'était pas ce je
souhaitais. Dans mon esprit il y avait un gouffre
entre ces deux catégories de médicaments.
Antidépresseur… Psychotrope… Dépression… La
suggestion de consulter un psychiatre me revint
brutalement en tête. Cette femme me prenait-elle
pour une folle ? Oui, elle et les autres…

*Précautions d'emploi : La durée du traitement doit
être aussi courte que possible et ne devrait pas
excéder 8 à 12 semaines. Ce traitement
médicamenteux ne peut à lui seul résoudre les
difficultés liées à une anxiété. Il convient de
demander conseil à votre médecin. Il vous
indiquera les moyens pour lutter contre votre
anxiété. La prise de ce médicament nécessite un
suivi médical renforcé notamment en cas
d'insuffisance rénale, de maladie chronique du
foie, d'alcoolisme et d'insuffisance respiratoire,
ainsi que chez les enfants et les sujets âgés. Ce
médicament ne traite pas la dépression. Chez le
sujet présentant une dépression ou une anxiété
associée à la dépression, il ne doit pas être utilisé
seul car il laisserait la dépression évoluer pour*

son propre compte avec persistance ou majoration
du risque suicidaire. La prise d'alcool est
formellement déconseillée pendant la durée du
traitement. Adressez-vous à votre médecin ou,
pharmacien avant de prendre LEXOMIL,
comprimé quadrisécable. EN CAS DE DOUTE, IL
EST INDISPENSABLE DE DEMANDER L'AVIS
DE VOTRE MEDECIN OU DE VOTRE
PHARMACIEN.

De nouveau, je ressentis l'oiseau de proie
coincé dans ma poitrine, resserrant ses serres
tranchantes sur mon coeur. S'ensuit alors un
combat intérieur, et ce jusqu'à la nuit tombée,
entre m'intoxiquer avec ce poison - cette drogue -
ou continuer de mon ronger de l'intérieur, peut-être
jusqu'à ne plus en pouvoir, peut-être jusqu'à en
crever ? Ne trouvant pas le sommeil, je choisis
d'avaler un comprimé.

3

Cette nuit là je parvins enfin à dormir.
Hallelujah. L'endormissement se fit si rapide,
c'était extraordinaire ; une sensation que j'avais

perdu depuis un nombre incalculable de jours. Un pur miracle. Guérie. C'était fini.

Mais la béatitude fut brève. Trois jours plus tard, les cauchemars refirent leur apparition. J'arrivais à chaque fois à m'endormir très vite, mais seulement quelques heures plus tard je me réveillais en nage, prise d'une anxiété excessive, d'une angoisse exacerbée. Cette pilule merdique n'avait aucun effet sur les mauvais rêves, au contraire, je pouvais, désormais, en faire plusieurs dans la même nuit.

Au départ, le médicament faisait resurgir des souvenirs traumatisants de mon enfance. Puis ceux de mon adolescence, jusqu'à ceux de ma vie de jeune adulte. Enfin c'était les visages de Jude, Luna et Madeleine qui ressortaient, puis mon visage à moi, immonde, lorsque je me suis vue chez le médecin et dans le reflet des vitres de la pharmacie. Ces scènes tournaient en boucle. Les mauvais rêves étaient si intenses, qu'à mon réveil, je les pensais réels. Comme si l'instant d'avant, je l'avais vraiment vécu. J'avais beaucoup de mal à distinguer le vrai du faux. Et chacun de ces cauchemars sur des périodes anciennes ou récentes, se soldaient systématiquement de la même manière : une interminable chute dans le vide.

Nuit et jour, j'étais constamment prostrée, dans un tel état de stupeur, complètement déprimée, rendue apathique et somnolente par les anxiolytiques. J'étais prisonnière d'un sale cercle vicieux, loin dans la tourmente abyssale, emportée par une sombre tempête.

Ensuite, je refis cet horrible cauchemar de Georges, tourné, attendant devant le vestige d'une chapelle au milieu d'un paysage de mort. Un éclair blanc me brûla la rétine et un froid douloureux s'infiltra en moi. Sans un bruit, le spectre étincelant apparu, tenant à la main un cierge, cette fois entièrement consumé. Cet élément fit rater à mon coeur un battement, je faillis. La silhouette se tourna alors légèrement vers moi, et aussitôt entra dans les ruines. Mon sang me bourdonnait aux tempes. Puis, Georges me fit face, misérablement et me dit « Tu ne peux pas me sauver mais sauve-toi. » Puis il disparut à l'intérieur.

NON ! hurlais-je en m'éveillant. NON ! NON ! ÇA NE VA DONC JAMAIS FINIR !

J'éclatais en sanglots, me roulant par terre, tremblante et complètement paniquée par le détail du cierge. À nouveau, je me sentis prise de vertige, une intense migraine me brûlait le front jusqu'à la nausée.

Sans m'en rendre compte, je m'étais évanouie.

Lorsque que je repris connaissance, je gisais une fois de plus sur le sol, dans mon vomit.

Au bout de quelques jours je m'avouais que la situation ne s'améliorait pas. Je n'y arrivais pas. Je n'y parvenais pas. J'étais épuisée, au fond du gouffre. Seule, noyée, aucune chance de m'en sortir, persuadée de ne pas pouvoir être sauvée. J'étais sûre que cela durerait éternellement. Éternellement...

Mes doigts glissèrent alors sur le post-it du médecin. C'est avec beaucoup de courage qu'à partir de ce jour là, j'admis avoir besoin d'aide. Cela m'en coûta, mais la volonté prit le dessus. S'en sortir, vivre. J'empruntai alors le téléphone commun de la résidence.

Le premier rendez-vous avec la psychiatre se déroula bien mieux que ce que j'imaginais. Le plus dur, finalement, je crois que ç'eut été d'en avoir fait la démarche et d'y être allée.

Me voici donc assise en face de Mme Flores, la psy, qui entama la séance :

- Expliquez-moi la raison qui fait que vous êtes ici aujourd'hui.

- Je suis entrain de totalement craquer, commençai-je.

- D'accord... et qu'est-ce qui vous fait dire cela ? demanda-t-elle.

Ma vie a un terrible goût d'échec. J'ai tout
perdu, je me sens abandonnée, anéantie,
engloutie…

Un élément a-t-il déclenché ces sentiments en
vous ?

Question qui me laissa sans voix. Un élément
déclencheur… oui, évidemment. Tout est la faute
de… Ou peut-être pas ? Tout cela n'est-il pas la
conséquence de… De quoi ? De tout ! Je ne sais
pas… Je ne sais plus…

Tout au long de l'entretien, je lui énonçais ce
qui n'allait pas, allant jusqu'à évoquer, au départ
brièvement, mes cauchemars. Mais à ce stade, ils
passèrent inaperçus car il y avait tout, absolument
tout, à revoir.

La séance terminée, je repartis chez moi assez
étonnée, sans réponse à mes questions laissées en
suspens. On ne m'avait pas apporté de solution, du
moins pas au long terme… et ce constat fut, dans
l'immédiat, un choc, une déception. Cependant,
lorsque je fermai derrière moi la porte du cabinet,
et levai les yeux de mes chaussures, je vis la rue
autour de moi, grisonnante et bruyante. Le monde
continuait inlassablement sa course, alors que le
mien venait de s'effondrer.

Je me sentis alors fondamentalement
chamboulée, dévastée, prête à me briser en mille
morceaux. Je perçus brutalement la violence de ma

souffrance, cette douleur aigüe, pointue, au niveau du cœur. Et je pris conscience de mes yeux, bouffis, collés par les larmes. Je ne sais combien de mouchoirs j'avais usés…

Il avait été convenu de nous revoir dans la semaine même et probablement la semaine d'après et celle d'après et celle d'après… Ça allait être terriblement long… A ma question « Vous pensez qu'il y aura besoin de beaucoup de séances ? », Mme Flores l'avait gentiment détournée, me répondant avec un sourire qu'il y en aurait besoin le temps qu'il le faudrait…

Le deuxième rendez-vous me parut extrêmement long à venir, mes jours et mes nuits étant interminables, continus, sans fin. Il fut tout aussi riche en larmes, voire peut-être davantage encore. Nous reprîmes le fil de la séance précédente et je continuais de me révéler, racontant qui j'étais, exprimant mes angoisses, retraçant mon chemin.

Les jours entre deux séances me semblaient chaque fois plus infinis. J'avais la sensation de ne pas pouvoir continuer à vivre par moi-même, seule, que je n'y arriverai pas, éperdument incapable de tout. C'était comme si le cabinet de la psy était le seul endroit du monde où j'étais en sécurité. Dehors, et à chaque seconde, un peu plus dans la tourmente, je sombrais davantage. Je voulais désormais de l'aide, que l'on me sorte de ce puits sans fond. Ces murs étaient si réconfortants…

Je m'engageais donc dans cette longue thérapie, où chaque rendez-vous, constituait une véritable inquisition intérieure, un chamboulement cataclysmique, une tornade psychique. C'était un travail interne intense, extrêmement éprouvant pendant la séance et particulièrement après. Lorsque je quittais le cabinet psychiatrique, je me sentais d'une vulnérabilité sans pareille. Je percevais le monde encore plus dangereux, encore plus sombre qu'autrefois. Tout pouvait constituer une menace, une attaque. Je me sentais relativement à ma place uniquement dans mon appartement, ma coquille, mon refuge. Mais en réalité, cela faisait un bon bout de temps que je n'y étais plus si bien que cela, particulièrement les nuits…

Nous étions désormais en été. Une année s'était écoulée depuis le jour où j'avais appris la disparition de Georges Klein. Cela signifiait également que c'était les grandes vacances et que les cours étaient terminés. Si j'avais continué mon année comme prévu, je l'aurai alors certainement validée. Et cette pensée continua de me déprimer profondément. Je me sentais si nulle, si incapable, si faible, si folle… Voilà où toutes ces névroses m'amenaient alors que j'aurai dû être déjà loin devant. Je me laissais manger par la folie au détriment de ma carrière et de ma vie. Un an déjà que cela durait…

Jusque là, j'avais réussis, par miracle, à ne jamais croiser mes voisins étudiants, chacun prenant bien soin d'attendre que je rentre pour sortir à leur tour et vice-versa. En cette période estivale, ils avaient tous quitté la résidence pour rentrer chez eux. Moi, mon chez-moi c'était ici. Seulement ici.

Depuis Noël, je n'avais eu aucune nouvelle de mes parents et je ne leur en avais donné aucune en retour. Seule ma plus grande soeur s'obstinait à laisser un message hebdomadaire sur le répondeur du téléphone de la résidence. Je ne la rappelais jamais, ayant trop honte de ce que j'étais devenue, et faire semblant aurait été au-dessus de mes forces. À cette époque, je considérais plus ma soeur aînée comme une seconde maman que comme une soeur. Partie de la maison des parents très tôt, et ayant délibérément mit le plus de distance entre elle et eux, je ne la voyais que très peu. J'avais l'âge de ses enfants et je pense que cette figure maternelle m'a empêché de tisser plus de liens en cette période. Je me disais que mon frère et mes soeurs avaient leur vie, et j'avais la mienne, ici, seule, à me battre contre mes démons.

4

Au fil des rendez-vous chez la psy, mon travail personnel faisait lentement son chemin, consistant à décortiquer chaque aspect de ma vie ratée, et d'en faire une analyse précise. C'était dur, vraiment dur. Il s'agissait de s'accoucher soi-même aux forceps, de recommencer, de naître à nouveau... Puis, progressivement, je parvenais à comprendre les liens entre les difficultés que j'éprouvais actuellement et mes expériences passées. Et au fil du temps, je pris conscience des conflits qui en résultaient et surtout, de leur influence sur moi. Car là était la clef. Ces fameux conflits intérieurs...

Début septembre, je décidai d'arrêter les anxiolytiques. Quelque soit leur nom, quelque soit leurs molécules, ils n'avaient jamais eu, sur moi, l'effet escompté. Ces merdes m'avaient complètement flinguées la santé. J'avais développé tous les effets indésirables possibles, expérimenté chaque effet secondaire de la notice. Ça allait de l'impression d'être au ralenti et de ne pas avoir les idées claires, à la somnolence et aux mots de tête incessants. Shootée. Constamment droguée. L'effet le plus impactant, pour moi, était lié, évidemment, aux rêves. Les antidépresseurs supprimants le sommeil paradoxal, mon sommeil était encore plus court et les réveils encore plus brusques. Je me réveillais en plein cauchemar et il me fallait un bon moment avant de revenir dans la réalité, là, ici et maintenant, dans la vie. Et ainsi trois, quatre fois par nuit. Ce n'était plus supportable, il fallait en finir avec cela.

C'est cette annonce à ma psychiatre, qui fit prendre à la séance, et aux prochaines, une tournure nouvelle. D'ordinaire, lors du travail qui caractérisait la thérapie, nous n'évoquions jamais - seulement au commencement - mes cauchemars incessants. Et à cet instant précis, la thérapeute voulu les connaître dans les moindres détails.

Nous parlâmes longuement de celui où je tombais éternellement dans le vide. La chute arrivant à la fin du rêve, en quelque sorte comme la conséquence de situations précédemment vécues par le passé. Dans mes songes les plus récents, j'avais cet âge là, et étais physiquement normale - pas le fantôme que j'étais devenue - je luttais constamment avec mes parents, avec mon frère et mes sœurs, avec des élèves, avec Georges Klein, avec la vie même. Ces combats m'épuisaient tant, ne menant jamais nulle part, je finissais par dégringoler dans un néant sans fin.

L'analyse qui en résultait alors me semblait simple, croyant savoir moi-même ce que signifiait ce perpétuel rêve. Pour moi, cette image exprimait la perte du contrôle de soi, sur ma vie et sur moi-même. La représentation de ma déchéance personnelle, en quelque sorte. Mais à mon grand étonnement, la psy y lu également l'acceptation d'un changement de l'être. Pour elle, c'était le masque qui tombait, et l'acceptation de celle que j'étais réellement, telle quelle, en admettant ma fragilité et ma vulnérabilité. Je n'étais absolument pas d'accord, car à cette période là, je me détestais au plus haut point, ayant perdu le peu d'estime de soi qu'il pouvait me rester. Je ne comprenais pas ou ne voulais pas comprendre cette interprétation. Pour la première fois, j'interrompis ma thérapie, pensant être une nouvelle fois incomprise.

Nous étions alors fin décembre, un peu avant les fêtes de fin d'années. Je luttais encore contre mes démons, et particulièrement contre mes démons nocturnes. J'étais toujours l'ombre de moi-même, profondément emportée dans la dépression. Cependant, je n'étais plus droguée aux antidépresseurs, je m'alimentais - même si ce n'était qu'en petite quantité - et je prenais une douche quotidienne. Je n'avais aucune distraction, aucune occupation. Ruminant sans cesse, j'étais constamment plongée dans des réflexions intérieures, qui me rongeaient.

Et un jour, je pris conscience du sens de ce rêve de vide. Un déclic. L'illumination.

Quelques jours plus tard, je retournais dans le cabinet psychiatrique de Mme Flores et extériorisais alors cette « découverte ». Le vertige semblait renvoyer à un profond sentiment d'insécurité, et la chute me paraissait, en effet, vouloir signifier une certaine aspiration à un lâcher prise, à pouvoir me laisser aller enfin, à finalement, ne plus avoir envie de contrôler la situation et de ne plus avoir envie de me battre. Assez...

- Le combat était la seule façon, dans votre cas, de subsister, d'exister, de ne pas vous faire entièrement engloutir. En effet, le temps est venu de poser les armes.

Et aussi étonnant que cela puisse paraître, une fois tout ceci analysé et accepté, je n'ai plus jamais rêvé de tomber dans le vide. En revanche, l'éternel horrible cauchemar, lui, ne cessait pas.

5

La thérapie avançait, le beau soleil du printemps caressait alors de ses rayons son passage. C'est l'éternel cycle qui recommençait là, contrastant avec un long hiver sombre et rude.

Petit à petit, je souffrais moins psychologiquement. Hormis mes phobies nocturnes, je devenais un peu moins angoissée la journée. J'avais le sentiment de régler progressivement certains problèmes et de pouvoir un peu y remédier. Ces bons vieux conflits intérieurs… Lentement, j'appris à les comprendre et à m'en dégager graduellement. J'y travaillais dur car, voyez-vous, il fallait modifier 20 ans de bon nombre de comportements et de pensées… Mais ça n'était pas impossible.

Au fur et à mesure, j'appris à mieux me connaître, à savoir qui j'étais, ce que je voulais et ne voulait pas. Peu à peu, il me semblait reprendre tout doucement le contrôle de ma vie. Un jour, j'eus l'envie de relire mes cours, puis de m'y replonger vraiment, puis je songeais, pourquoi pas, à me réinscrire au même cursus à la rentrée prochaine.

Cependant, je n'en avais pas encore terminé, car les fantômes du crépuscule ne me laissaient aucun répit et j'étais continuellement fatiguée, usée. Je me sentais terriblement vieille. Je ne dormais quasiment pas, perpétuellement réveillée au beau milieu de la nuit, en transe, le corps secoué de tremblements, au bord de la nausée. Beaucoup trop éprouvée, ébranlée, accablée, il fallait que je me libère de cet infernal fardeau. Ma santé était en jeu. Ma vie en dépendait.

Lors d'une séance chez la psy, j'évoquais enfin cette incessante hallucination nocturne. Ce ne fut pas aisé pour moi de devoir raconter, expliquer, ce qui était responsable de ma descente aux enfers. Chaque mot, chaque détail à haute voix bourdonnait gravement à mes oreilles. Même en plein jour et accompagnée, revoir mentalement les éléments de cette scène qui me terrorisait depuis si longtemps - ma bête noire - constituait un véritable supplice. Quand j'eus achevé cette funeste histoire, j'étais à bout, épuisée, je n'en pouvais plus. « Tu ne peux me sauver, mais sauve-toi », résonnant encore en moi.

Il y eut un interminable silence, j'eus peur que la psychiatre ne réponde jamais, ou me prenne pour une folle, ou au contraire trouve cela presque normal… Puis elle se lança enfin.

- Le problème Neige, c'est que vous voyez comme une rose déjà fanée.

Je ne comprenais pas où elle voulait en venir.

- Vous ne voyez pas son éclosion, puis ses boutons s'ouvrir lentement et s'épanouir chaque jour.

Un nouveau silence.

« Tu ne peux pas me sauver, mais sauve-toi »
souffla-t-elle.

À ces mots je bondis sur ma chaise.

Vous ne pouvez en effet pas éviter l'inévitable.

C'est-à-dire ? demandai-je.

Avec beaucoup de calme elle s'adressa à moi :

Ce jeune garçon, Georges, est décédé, et au
fond de vous, vous le savez.

Je m'effondrais littéralement, baignée de larmes,
secouée par des sanglots incontrôlables et
intarissables. Des mots avaient été prononcés. Des
mots sur des sensations. J'avais si mal… J'étais
inconsolable, affligée par un tel chagrin.
Cependant, l'oiseau noir s'envola enfin de ma
poitrine.

Au bout d'un long moment, la psychiatre me tendit
une main, et avec un sourire me dit :

La vie est devant vous, Neige. Voyez vous
comme le minuscule bourgeon de la rose. Vous
avez tant à vivre.

L'acceptation

1

La terreur fut enfin apaisée. J'ouvris alors de nouveaux yeux sur le monde et naquis une seconde fois.

Plusieurs années se sont écoulées depuis cette profonde dépression. J'ai progressivement réussi à faire le deuil de plusieurs conflits intérieurs, qui étaient en perpétuelle lutte et m'empêchaient d'aller de l'avant. Comme des boulets aux pieds, il fallait en briser les chaines, m'en libérer. Stopper le cercler vicieux. Me défaire de cette spirale infernale. Couper la tête du serpent qui se mord la queue. Prendre le problème à sa souche.
Retour au commencement.

C'était par une suffocante chaleur d'août, identique à celle où tout avait commencé, que je roulais en direction de Resist, cheveux aux vents. Je me sentais enfin prête à affronter les fantômes du passé, non pas pour renouer des liens perdus irrévocablement, mais pour pouvoir enfin aller de l'avant.

Durant ce trajet interminable l'angoisse montait à mesure que j'avalais les kilomètres. Je tentais de me persuader que cette fois ce ne serait que différent, que cette fois, je ne me laisserai pas engloutir et que cette fois, j'en sortirai vainqueur. Je revoyais mentalement chaque point de ma vie qui s'était amélioré depuis. Chaque pas, chaque progrès. J'essayais fortement de me féliciter, en quelque sorte, de me rassurer.

Depuis cette descente aux enfers, j'avais volontairement arrêté ma thérapie car je l'estimais terminée. J'avais repris mes études et adorais réellement ce que je faisais. J'avais quitté la chambre de la résidence, qui me rappelait beaucoup trop de mauvais souvenirs, pour m'installer au campus de l'université. J'y avais alors vu de nouveaux visages, rencontré de nouvelles personnes, apprécié certains camarades, et j'étais enfin parvenue à me faire de réels amis - des gens bien -.

À côté de ça, j'avais repris un petit job de caissière à la supérette en face de l'école, histoire de relever le train de vie que je menais à cette époque et de me renflouer un peu, car j'avais mis mes économies à sec en restant prisonnière de mes quatre murs tout ce temps.

Aussi, je m'étais replongée plus précisément dans la musique et à raison d'une fois par mois, je prenais des cours de chant metal. J'y travaillais également beaucoup chez moi, et progressais doucement.

Par ailleurs, j'aimais assister aux concerts de groupes de metal et de rock qui passaient pas trop loin de chez moi. Et un beau jour, j'y rencontrerai l'Amour, avec un grand A, mais c'est une autre histoire.

Ainsi, j'étais assez fière de moi, de mon parcours, du chemin fait jusqu'à maintenant. Je revenais de loin.

Cette petite conversation avec moi-même permit de me tranquilliser un peu, assez pour continuer de rouler sans m'envoyer dans le fossé. Cependant, tout n'était pas encore achevé. De temps en temps, pendant les périodes d'accalmies, ou de solitude, les vieux démons cherchaient encore à m'atteindre, ne voulant pas définitivement lâcher leur étreinte noire de mon coeur.

2

Au bout de trois heures de route, je m'arrêtais sur une aire d'autoroute me dégourdir un peu les jambes. J'en profitais pour faire un petit tour aux toilettes et remettre le complément d'essence dans ma Chevrolet. Il me restait encore une quarantaine de minutes à parcourir avant d'arriver à Resist.

J'étais désormais un peu plus détendue et pour continuer de me donner du courage j'insérais « *Let It Be* » dans le lecteur CD. Cet album, sur moi, a toujours été plus efficace que toutes les cures de vitamines possibles. Je chantais avec allégresse, oubliant presque la raison de ma présence ici, par un samedi matin, de si bonne heure.

Le trajet touchait à sa fin, je sortis de l'autoroute, apercevant le panneau « Resit 26 KM ». À cette vision, une boule me remonta dans la gorge. Je montai alors le volume, « *Get back* » à fond dans les oreilles. C'était drôle, comme un fait exprès, les Beatles criant « Reviens, reviens d'où tu viens », et moi qui me rendais dans la ville où j'avais passé toute ma vie - cette ville que je détestais tant -. J'aurai pu y voir là une sorte de pressentiment bizarre ou je ne sais quoi, mais non, cela me fit éclater de rire, ma voix criant plus fort « Get back, get back ! »

L'album se termina et ma route également. J'éteignis le poste et m'engageais dans Resist, le panneau morose m'accueillant à l'entrée. Depuis la fameuse soirée du 25 décembre 93, je n'y avais pas remis les pieds. Je ne fus pas surprise de voir que rien ne semblait avoir changé - je crois que là-bas rien ne changera jamais ! - À mesure que j'avançai, je reconnus les visages un peu bêtes des habitants, occupés à leurs éternelles activités dérisoires, la même morosité grise de l'air ambiant, les mêmes nuages de pollutions flottant dans le ciel.

Je ne savais pas vraiment où me diriger, ni où je voulais aller. D'un seul coup, j'ignorais pourquoi je me trouvais là.

Inconsciemment ou consciemment, je revenais au connu et m'apprêtais à m'engager dans les quartiers de droite après le feu, là où mes parents habitaient, lorsque j'entendis une voix d'homme appeler par de-là de mes vitres ouvertes.

Je tournai alors la tête et aperçus Albert Klein - AL -, le voisin, accompagné de son fils Paul, maintenant adolescent, sortant à pied du quartier. Il me fit de grands gestes en me hélant.

Hé ! Neige !

Ne sachant que faire, mais étant obligée de passer devant eux quoi qu'il arrive, je me mis de côté, en warning, et baissa la fenêtre de la voiture.

Bonjour Mr Klein, bonjour Paul.

Paul ne fit qu'un petit geste de hochement de la tête, sans un seul son.

Hé mais c'est une superbe voiture que tu as là !

Il fit le tour de ma Chevrolet.

Oui, pas si mal pour une première voiture, acquiesçai-je.

Mr Klein sourit largement puis me dit :

Au fait, Neige, je tenais à m'excuser, tu sais, pour ce jour où tu es venue… Nous étions vraiment très peinés, Blanche et moi…

Il y eut un long silence.

Et quand j'ai voulu te remercier, reprit-il, tes parents m'ont appris que tu étais partie.

Oh, euh, oui… je… bredouillais-je.

– Comment se passent tes études ? demanda Mr
Klein qui se donnait un faux air joyeux, histoire
de passer à autre chose au vu de mon embarras.
– Ça se passe bien, merci.
– Bien. Tu rentres voir tes parents ?
– Non, dis-je d'un ton un peu plus brusque que je
ne l'aurais voulu. Paul leva la tête et me fixa de
ce même regard que je lui avais connu
autrefois.
Au bout d'un silence j'ajoutai :
– Je pense que c'est vous deux que j'étais venue
voir.
À ces mots, nous nous regardâmes calmement,
sans un mot.
– Bien, de quoi veux-tu discuter, Neige ?
demanda Mr Klein.
– De Georges, répondis-je faiblement, presque
imperceptiblement.
– Georges, oui… souffla Mr Klein. Il nous
manque beaucoup…
Il semblait tout à coup perdu dans ses pensées, le
regard vide, perdu dans le vague. Puis, au bout
d'un silence, il sortit de la poche arrière de son
pantalon son portefeuille contenant une
photographie. Il la regarda, abîmé dans sa
contemplation.
– J'adore cette photo, me dit Mr Klein au bout
d'un moment. Je lui fit un léger sourire. C'est
une des plus récentes que l'on possède. C'était
pas trop son genre le costard, mais ça lui allait
bien. C'était l'été dernier, au mariage de sa

tante à l'église du village. Ça avait été une belle journée.

Il me sourit brièvement et tourna la photo vers moi. C'était Georges, le même portrait parut dans le journal. La vue de cette photo me fit comme un coup de poing dans le ventre, je me revoyais alors en ce 24 août 93, dans ce fast-food miteux, Anna me passant entre les mains *Le Resist*. Georges, pas très à l'aise mais souriant dans son joli costume. Soudain, je pris conscience du paysage à l'arrière et cela me fit alors l'effet d'un violent coup porté au coeur qui rata un battement. De la sueur froide semblait s'évaporer de mes tempes battantes. Je manquai de souffle et sentis mes jambes se dérober, devenues subitement trop molles pour supporter le poids de mon corps.

3

Albert Klein - AL - et Paul vinrent se placer à côté de moi.

— On s'y rendait justement, dit Albert Klein.
Je hochai la tête. Ils montèrent alors dans la voiture. AL s'assit devant, à côté de moi, sur le fauteuil passager. Paul prit place à l'arrière.

— Roule, Neige, ajouta-t-il, emmène-nous.

— Mais... ? Personne ne bougea.

Profondément perplexe je mettais les clefs sur le contact et la Chevrolet qui démarra au quart de tour dans un vrombissement sonore. Cependant, dans l'habitacle, le silence était total. Ma nervosité refaisant subitement surface, je me mordais les lèvres.

Au bout d'un instant, je levai les yeux dans mon rétroviseur intérieur et croisa le regard de Paul, un regard implacable, figé sur moi, un regard si sombre, si dur... Ce contact me fit l'effet d'une décharge électrique. Sans détourner ses yeux noirs, Paul rompit alors le silence :

— Vas-y, Neige.

J'obéis et me mis à rouler.

L'ambiance était étrange, mais pas pesante. Le silence continuait de régner mais je ne ressentais pas de lourdeur.

Au bout de sept minutes, nous arrivâmes.

Je coupai le moteur et descendis de la voiture, imitée par les autres, une angoisse croissante montant en moi.

C'était tellement bizarre. Albert Klein et son fils Paul, ne semblaient pas surpris le moins du monde par l'endroit où on se trouvait. C'était comme s'ils s'y attendaient, comme s'ils savaient où nous nous rendions. Oui, ils le savaient. Et moi aussi...

En fin de compte, je me voilais la face durant tout ce temps. Mais mon inconscient me guida là où mon cerveau occulta...

Nous arrivâmes en face de la petite église de Resist, avec sa jolie chapelle en pierres surmontée par son immense statue de la Vierge. Cette vision me transperça littéralement et je compris enfin.

D'abord je les suivis. Nous avançâmes en silence jusqu'au lourd portail en fer forgé noir du cimetière qui jouxtait l'église. Mr Klein l'ouvrit devant nous et nous laissa y pénétrer les premiers. Sans un bruit, nous marchâmes en procession au milieu des allées silencieuses du cimetière, seul le bruit de nos pas résonnants sur les graviers. Paul à la tête, Albert fermant la marche.

Au bout d'un instant calme, Paul s'arrêta net.

— C'est ici, dit-il.

AL vint se tenir à côté de son fils, et posa sur son épaule une main douce.

Nous étions en face d'une tombe de marbre gris, recouverte de fleurs, des bouquets de belles roses blanches fraîches - celles du jardin des Klein -.

Alors, je levai les yeux sur l'épitaphe indiquant « Georges Klein ».

4

Je sentis en moi un bouleversement sourd, mes tripes semblaient avoir tenté le saut à l'élastique. Dans ma gorge sèche, un sanglot montait alors et une profonde tristesse. Je parvins à le réprimer, voyant que la famille de Georges ne versait pas de larmes. Non, les deux hommes demeuraient statiques mais pénétrés.

AL et Paul se tenaient devant la tombe, impassibles, les yeux rivés sur la photographie de Georges. Mon regard était également toujours posé sur elle. Et cette fois mes yeux ne se focalisaient plus que sur le visage de Georges. J'y distinguais désormais en fond la petite chapelle de Resist, avec sa croix en pierres ainsi que la statue de la Vierge, entièrement blanche.

L'effet que cela me fit...

Je réalisais enfin que ce paysage d'arrière plan était celui de mes cauchemars. Il avait été déformé par mes peurs et m'avait tant terrorisée durant une période considérable.

J'étais sans voix, complètement chamboulée. Il fallait que j'y aille sur le champ.

Je m'excusais à Mr Klein et à Paul - qui acquiesça de la tête comme s'il avait compris - et partais presque en courant en direction de cette image subliminale.

C'était à la fois horrible et à la fois merveilleux. Je contemplais alors les éléments de mes cauchemars mais le jour s'était levé sur eux. Tout était si différent, si beau, si lumineux. Les arbres qui encadraient cette vision étaient de vigoureux chênes, les ronciers étaient en réalité de beaux rosiers colorés. Pas de mauvaises herbes ni de lierre grimpant mais plutôt un joli jardinet, parfaitement entretenu, où verdoyait une belle pelouse. La chapelle n'était pas du tout délabrée, elle était constamment rénovée par la ville, sa croix intacte. Et devant elle, n'attendait aucun spectre mais une statue de la Vierge, blanche, douce, qui semblait veiller et prendre soin. Je me laissais alors emplir d'une profonde lumière, mes yeux ne pouvant quitter cette statue immaculée.

Puis, je relevai lentement la tête et me dis « Comment ai-je pu voir tout ceci pendant si longtemps… Oui mais, comment je vois le monde maintenant. » Je me souviendrai toujours de cette pensée. C'est comme si mes yeux avaient revu le monde à nouveau, avec des yeux neufs. Et cela me réconforta profondément.

Je pris conscience alors du magnifique soleil d'été qui participa de me réchauffer le coeur. Un instant, je m'imprégnai de sa chaleur, de sa lumière. Mon esprit se rechargea d'ondes positives, de brillance, de joie, de vie. Cela contrastait énormément avec le lieu funèbre d'à côté, où j'avais laissé Georges, Mr Klein et Paul, tout comme cet endroit réel contrastait tant avec le lieu de mes cauchemars. Ceci me permit de conclure ce chapitre et je me rendis à nouveau au cimetière, retrouver les Klein.

Albert Klein leva alors son visage vers moi et lorsque je fus à sa portée, il posa délicatement la main sur mon épaule. Je levai un regard sincère vers lui, sincèrement emplit de compassion. Il me fit un léger sourire dont émanait seulement de la bonté. Je me décidai alors à rompre le silence.

— Pourquoi ? demandai-je, un peu bêtement.

— Eh bien, c'est arrivé parce que c'est arrivé, répondit-il calmement.

AL était un grand homme pâle, aux cheveux grisonnants et aux yeux d'un bleu très clair, perçants, vifs et intelligents. Son long nez aquilin lui donnait un air un peu strict, mais son sourire bienveillant faisait disparaitre immédiatement cette impression. Un peu vieux-jeu, il était constamment vêtu d'un costume en tweed brun et d'un chapeau melon marron, été, comme hiver. Il arborait des manières distinguées et quelque peu distantes - en comparaison de celles des gens de la région - qui m'avaient toujours plues. Professeur de philosophie il était extrêmement cultivé et s'intéressait à tout. Venu d'ailleurs, plutôt solitaire, mais pas renfermé, il ne plaisait pas beaucoup aux gens du village, et à cet instant, j'aurais souhaité qu'il soit mon père.

— Comment ? réclamai-je presque.

— Tu sais, depuis sa naissance Georges souffrait d'une maladie incurable.

— Je suis désolée de l'apprendre.

— C'est ainsi. On y était en quelque sorte préparés, même si on ne l'est jamais.

‒ Et vous… vous tenez le coup ? dis-je maladroitement.

‒ Ce n'est pas facile tous les jours. Blanche est partie, elle ne supportait plus la maison ni ce qui pouvait la ramener à Georges… et Paul et moi… Mais ce n'est pas pour nous qu'il faut s'en faire.

Un silence

‒ Tu sais, reprit-il, j'ai passé toute ma vie à me demander ce que lui, pouvait ressentir. Que ce gosse ait vécu sans relâche avec le fait de savoir que sa fin est proche, comme s'il était une sorte de bombe…

Un nouveau silence.

‒ Mais après tout, ajouta-t-il, n'est-ce pas le même sentiment pour nous tous enfin de compte ? N'est-ce pas cela que de vivre ?

À cette pensée, une boule se reforma dans ma gorge. Mes yeux commençaient à me piquer, les larmes n'étaient pas loin. Tout de suite, Mr Klein reprit, toujours aussi calme.

‒ Mais il a réussi à vivre 18 belles et heureuses années et nous avons eu la chance de l'accompagner jusque là.

Je hochais doucement la tête, muette, luttant toujours pour ravaler les sanglots qui montaient. À ces mots, Paul se retourna vers son père et le serra dans ses bras. Ni l'un ni l'autre ne montrait de signe de tristesse, non, c'était une profonde compassion, si sincère, si pure. Je me joignis à eux et nous nous étreignîmes un moment en silence.

Quand ce fut le moment de partir, je jetai un dernier regard en arrière, sur le tombeau de Georges, le marbre gris, les roses blanches, puis sur sa photo. Pour la première fois, je le vis comme le garçon de 18 ans qu'il avait été, jeune et drôle, et plus une once de peur ni de désespoir ne prit possession de moi.

Nous repartîmes comme nous étions venus, l'un derrière l'autre, sur le chemin des allées du cimetière. Soudain, j'aperçus un magnifique pissenlit, d'un jaune éclatant, bien ouvert et de belle taille. Il trônait solitaire, au milieu de l'allée, où seule l'herbe verte et les cailloux recouvraient le sol. Délicatement je le cueillis, et brusquement tournai sur mes talons. Je retournai vers la sépulture de Georges, courant presque.

Au bout d'un instant de silence, seule, bien en face de la tombe, j'y posai délicatement le pissenlit.

« Sois en paix », soufflai-je.

5

C'est ainsi que je pus définitivement clore toute cette histoire, jetant un dernier regard à la statue, baignée de la lumière du soleil.

Je raccompagnai alors AL et Paul Klein chez eux. Nous échangeâmes de jolis mots puis ils me serrèrent dans leur bras. Je remontais dans ma voiture, et posai, une dernière fois, les yeux sur la maison d'à côté. Tout comme le village, elle aussi semblait identique, sans un aucun changement, comme je l'avais invariablement connue et vue sur des photos beaucoup plus anciennes que moi. Toujours aussi sombre, toujours aussi morose. Moi, je me sentais neuve.

Puis, je repris la route en direction de chez moi, soulagée du poids d'un lourd fardeau trop longtemps posé sur mes épaules.
J'allumai le lecteur CD et sélectionnai la chanson « *The long and winding road* », qui allait merveilleusement bien avec le sentiment éprouvé.

Voilà, j'ai enfin posé les armes, n'ayant plus envie de me battre, sortant de l'ombre, ne cherchant plus que la clarté. C'est non sans mal que j'ai fini par accepter la perte d'une certaine partie de moi, ainsi que d'un temps révolu.

Cela aura constitué une épreuve considérable, mais j'en ressors grandie. Changée, dans le bon sens et bien plus adulte.
Je n'oublie rien, et certainement pas les démons qui ont rythmé mes jours et mes nuits tout au long de cette période difficile.

Mais malgré la douleur, malgré la terreur, je suis désormais capable de garder les beaux moments comme les moins bons.

Je m'en vais et sors enfin de cette mauvaise passe, je vois le bout du tunnel et m'avance vers la lumière.

Epilogue

La boucle est bouclée. Je peux enfin dormir d'un sommeil sans cauchemars. Le puzzle est complet.

Tout cela m'aura permit de découvrir que les choix que nous faisons ne sont jamais anodins, que chaque étape vécue a un rôle à jouer. Lorsque quelque chose ne va pas, la transformation est le moyen d'y parvenir et l'acceptation en est la clef. Malgré tout, certaines choses sont telles qu'elles sont et il est parfois impossible et vain de vouloir les changer.

Mais on est capable de tout. Détruite, j'ai tout reconstruit. Dorénavant, je peux faire face au futur et n'en éprouve plus cette peur panique qui me paralysait autrefois. Constamment tournée vers le passé sombre et tortueux, j'avance maintenant vers un futur prometteur.

Je me suis rendue compte que tout n'est pas tout noir ou tout blanc.

Et qui peut dire ce que nous réserve l'avenir, de quoi est fait demain ? Il y a tant à faire, tant d'aventures, tant de rencontres, tant de passions...

Par ailleurs, j'ai fait l'expérience de l'amour et y ai découvert là un puissant moteur ; l'amour de soi, l'amour que l'on donne, l'amour que l'on reçoit.

Ainsi, une fois que l'on se connaît on connaît tout.

Quant à ma propre fin, je mentirai si je disais ne pas la craindre, et ce même alors que j'écris ces lignes. Je suis encore jeune et j'ai réellement envie de vivre. Cependant, je la vois désormais comme l'inévitable destin de l'être humain, et comme chaque être vivant autour de nous, les animaux, les plantes, et même les objets, en fin de compte... Tout a une durée de vie déterminée. On né, on meurt. C'est l'éternel cycle de la vie, comme il y a un soleil et une lune, un été et un hiver. L'équilibre. C'est quelque chose de naturel en fin de compte. Naturel et essentiel. Et je crois que cela me rassure. Nous ne pouvons rien y changer, que nous le voulions ou non, alors autant l'accepter et avancer.

Ainsi va le monde et ainsi va la vie. Ce cercle sempiternel se jouait avant moi et se jouera après moi. Et quand de mon côté, je déciderai de passer le flambeau à ma descendance, le cycle recommencera encore, et sans un bruit.

Enfin, j'ai choisi de ne pas avoir peur de vivre et de garder à l'esprit qu'après la tempête, le soleil revient, toujours.
Aux beaux moments.
Que la vie est belle.

Here comes the sun, The Beatles.

REMERCIEMENTS

À ma grande soeur Carine, pour ton aide et tes
précieux conseils dans ce projet (et dans la vie),
pour l'avoir compris et m'avoir comprise mieux
que personne.

Lightning Source UK Ltd.
Milton Keynes UK
UKHW010632160123
415428UK00005B/343

9 782322 459087